DE
BRAM STOKER

DRÁCULA
O HOMEM DA NOITE

TRADUÇÃO DE
LÚCIO CARDOSO

1ª EDIÇÃO

amarcord
RIO DE JANEIRO | 2023

CIP-Brasil. Catalogação na Publicação
Sindicato Nacional dos Editores de Livros, RJ

S883d

Stoker, Bram
Drácula : o homem da noite / Bram Stoker ; tradução Lúcio Cardoso. - 1. ed. - Rio de Janeiro : Amarcord, 2023

Tradução de: Dracula
ISBN 978-65-85854-02-3

1. Ficção irlandesa. I. Cardoso, Lúcio. II. Título.

23-86398 CDD: 828.99153
CDU: 82-3 (417)

Gabriela Faray Ferreira Lopes - Bibliotecária - CRB-7/6443

Design Casa Rex

Texto revisado segundo o Acordo Ortográfico
da Língua Portuguesa de 1990.

Direitos desta edição adquiridos pela
AMARCORD
Um selo da
EDITORA RECORD LTDA.
Rua Argentina, 171 - Rio de Janeiro, RJ - 20921-380
Tel.: (21) 2585-2000.

Seja um leitor preferencial Record.
Cadastre-se no site **www.record.com.br**
e receba informações sobre nossos
lançamentos e nossas promoções.

Atendimento e venda direta ao leitor:
sac@record.com.br

Impresso no Brasil

2023

CAPÍTULO PRIMEIRO

DIÁRIO DE JONATHAN HARKER

(estenografado)

3 de maio, Bistritz

Deixei Munique às 8h55 da noite, no dia 1º de maio. Cheguei a Viena muito cedo, no dia seguinte. O trem estava com uma hora de atraso. Budapeste me pareceu muito curiosa, a julgar pelo que vi do trem. Fiz um curto passeio pela cidade. Tive a nítida impressão de deixar o Ocidente e penetrar no Oriente. A magnífica ponte sobre o Danúbio lembra o domínio turco.

Ao cair da noite cheguei a Klausenburgo. Jantei no hotel Royal uma galinha com páprica, que é uma espécie de pimenta vermelha. (Não me esquecer de que pedi a receita do prato para Mina.) Meu péssimo alemão me foi muito útil aqui, sem ele não sei como me desembaraçaria.

Antes de deixar Londres, e já que sou chamado por um nobre do país, consultei no British Museum alguns livros e um mapa da Transilvânia.

O distrito em que habita o conde Drácula confina com três Estados: a Transilvânia, a Moldávia e a Bukovina, no meio dos Cárpatos, num dos cantos mais selvagens e menos conhecidos da Europa.

Não pude encontrar exatamente o Castelo Drácula, mas sei que Bistritz, a pequena localidade vizinha, é assaz importante.

Segundo minhas notas, a população da Transilvânia se compõe de quatro nacionalidades: os saxões ao Norte, aliados aos "alaquios"; os magiares a Oeste; e os szekelys a Leste e ao Norte. São os últimos que vou frequentar. Eles pretendem descender de Átila e dos hunos. Possuem aqui curiosas superstições, sobre as quais pedirei explicações ao conde.

Dormi mal embora minha cama seja excelente, pois fui perturbado por estranhos sonhos. Durante toda a noite um cão latiu sob minha janela. Sem dúvida é o responsável pela minha insônia, a menos que seja a páprica: esvaziei uma garrafa d'água, tanta sede tinha. Somente ao amanhecer consegui dormir, e assim mesmo um pesado sono.

Durante o pequeno almoço, ofereceram-me páprica e uma espécie de pirão de milho que chamam aqui de *mamaliga* (pedi igualmente a receita para Mina).

Tive de apressar esse ligeiro almoço, pois o trem partia às 8h. Na realidade, esperei durante uma boa hora no vagão, antes que ele se dignasse partir. À medida que avançamos em direção ao Oriente, as demoras se tornam incríveis. Que será na China?

O trem atravessa uma bela região. Percebe-se de vez em quando pequenas aldeias ou castelos situados sobre colinas escarpadas, que lembram os que se veem nos velhos missais. Algumas vezes, límpidos regatos. Em cada estação, grupos de camponeses em trajes nacionais. De longe as mulheres são bonitas, mas de perto são pesadas e vulgares. Trazem camisetas de linho branco e grandes cintos coloridos sobre saias pregueadas.

Os eslovacos se assemelham a bárbaros com seus grandes chapéus de caubói, suas largas calças de um branco-sujo e seus largos cinturões de pele com fechos de cobre. Possuem também enormes botas, têm longos cabelos e espessos bigodes negros. Não seria agradável encontrar um deles no escuro do bosque.

Chegamos a Bistritz ao cair da noite. É, junto à fronteira, uma velha e pitoresca aldeia.

O conde Drácula me tinha indicado o hotel da Coroa de Ouro, onde eu era esperado. Uma hospedeira educada, vestida em traje nacional e um pequeno avental bordado, veio dar-me as boas-vindas.

— O senhor é inglês? — perguntou ela.

— Sim, Jonathan Harker.

Ela sorriu, fez sinal a um velho que desapareceu e voltou dentro em pouco com uma carta para mim.

Eu li o que se segue:

Meu amigo, seja bem-vindo em nosso país. Espero-o com impaciência. Passe uma boa noite, e amanhã, às três horas, tome a diligência que vai de Bistritz a Bukovina. Meu carro o esperará na passagem de Borgo. Desejo que tenha feito uma boa viagem.

Seu devotado,
Drácula

4 de maio

Meu hospedeiro me informou que o conde lhe havia pedido que reservasse um lugar para mim na diligência. Mas quando o interroguei, fechou-se num silêncio obstinado e fingiu que não entendia o meu alemão, o que era evidentemente falso, pois já o havia entendido antes. Quando perguntei à hospedeira se ela conhecia o conde e seu castelo, fez o sinal da cruz e declarou que nada sabia. Mas já era tempo de partir. Não pude interrogar mais ninguém, se bem que estivesse muito intrigado e um pouco inquieto.

Alguns minutos antes da minha partida, a hospedeira subiu ao meu quarto e me disse com voz trêmula:

— É absolutamente preciso que o senhor parta? Fale, é preciso?

Estava tão emocionada que tive grande dificuldade em compreender o que dizia, pois misturava o alemão a um linguajar que me era desconhecido. Respondi que me esperavam para um trabalho importante e que eu devia partir sem mais demora.

— Sabe em que dia estamos? — perguntou ela no mesmo tom angustiado.

— No dia 4 de maio.

Ela balançou a cabeça.

— Oh! Não é isso que eu quero dizer!

— Explique-se, então!

— Estamos na véspera de São Jorge. Esta noite, ao soar da meia-noite, os maus espíritos se acharão investidos de todo o seu poder. Sabe o que o aguarda?

Ela parecia tão inquieta que tentei tranquilizá-la. Em vão. A mulher se lançou de joelhos e suplicou-me para não partir imediatamente e aguardar ao menos um dia ou dois. Essa cena ridícula acabou por me enervar. Tornei a afirmar que negócios da mais alta importância me chamavam junto ao conde e que eu não podia adiar minha viagem. Ela se levantou então, enxugou os olhos e tomando uma pequena cruz colocou-a no meu pescoço. Não sabia o que fazer, habituado como estou, na qualidade de protestante, a considerar esses objetos como idólatras. Ela percebeu sem dúvida minha hesitação, pois teimou em atar ela própria a pequena corrente ao meu pescoço, dizendo:

— Aceite-a pelo amor da sua mãe.

E deixou a peça após isto.

Rabisco estas linhas enquanto espero a diligência, que naturalmente está atrasada... Conservo sempre a pequena cruz no pescoço. Será a presença desse objeto, ou porque tenha sido contagiado pela inquietação da hospedeira, o certo é que não me sinto como habitualmente. Se este diário tiver de chegar um dia, antes de mim, às mãos da minha querida Mina, que ele lhe transmita o meu pensamento fiel.

Mas eis a diligência.

5 de maio, no castelo

A bruma da manhã se dissipou, o sol se acha alto no horizonte.

Que impressões diversas e singulares depois da minha partida de Bistritz!

Quando subi na diligência, o condutor conversava com a hospedeira, evidentemente a meu respeito, pois examinaram-me de soslaio. Palavras estranhas voltavam sem cessar no decorrer da conversação. Consegui traduzi-las com auxílio do meu dicionário multilíngue, e minha inquietude se acentuou. As palavras eram *ordog* — Satã; *pokel* — inferno; *stregoica* — feiticeira; *vrolek* e *vlkoslak*, que significam ambas a mesma coisa, uma em eslovaco, a outra em sérvio: lobo ou vampiro. (A este respeito será preciso que eu me informe com o conde.)

Quando a diligência partiu, os camponeses que se tinham reunido no limiar do albergue fizeram o sinal da cruz, e apontaram dois dedos na minha direção. Um dos meus companheiros de viagem me informou que eles queriam preservar-me do mau-olhado. Todas essas tolices acabaram por me impressionar.

Não tardou muito até que eu esquecesse minha inquietude à vista da maravilhosa paisagem que se oferecia aos meus olhos. Vales verdejantes, espessas florestas, pequenos bosques. Aqui e ali, belas fazendas cercadas de vergéis cheios de árvores em flor e que prometem belas colheitas. De boa vontade teria me detido para admirar esse magnífico cenário, mas o condutor impelia os cavalos a galope. Parecia muito ocupado em ganhar o passo de Borgo. A estrada era tão ruim que íamos terrivelmente sacudidos.

Ao cair da noite, entramos por um desfiladeiro: à direita e à esquerda, os Cárpatos se tingiam de azul e púrpura nos cimos; e de verde e cinza nas ravinas. A distância, percebiam-se os picos nevados, que o pôr do sol tornava cor-de-rosa. Cruzamos com alguns raros passantes, eslovacos em trajes pitorescos. Alguns traziam ao pescoço um horroroso papo.

Cruzes se levantavam ao longo do caminho. Diante de cada uma delas, meus companheiros se persignavam piedosamente.

A noite se anunciava fria, e abotoei o meu sobretudo até o alto. A estrada subia; aproximávamo-nos do passo. As estrelas brilhavam e fogos cintilavam aqui e ali pelo campo. O condutor se deteve para acender as lanternas, depois retomou a subida. Pedi para descer um pouco, a fim de desenferrujar as pernas.

— Não, não — disse o condutor com vivacidade —, por aqui os cães são maus, o senhor não tardaria em correr grandes perigos.

Quando a noite baixou completamente, reinou em torno uma animação singular. A diligência avançava em grande velocidade, e no entanto os viajantes excitavam o condutor a ir cada vez mais depressa. Este último, com seu longo chicote, açoitava os cavalos e os encorajava com palavras e gritos. As montanhas pareciam correr diante de nós. O caminho se tornou melhor. Chegávamos ao passo de Borgo.

Por detrás das vidraças, os viajantes procuravam com o olhar atravessar a obscuridade. Que esperariam eles? Eu os interroguei, mas não puderam, ou não quiseram, me explicar a causa da sua inquietude.

Ao sair do passo, procurei com os olhos a carruagem do conde, mas nada vi. Só as lanternas lançavam no caminho um brilho vacilante. Meus companheiros se assentaram com um suspiro de alívio, e o condutor murmurou em voz baixa algumas palavras, que traduzi assim: "Estamos uma hora adiantados."

Ele se voltou para mim e gaguejou em alemão:

— Não há nenhum carro. Sem dúvida o senhor não é esperado esta noite; terá, pois, de vir conosco até Bukovina, de onde o trarei amanhã ou mesmo depois de amanhã, o que, aliás, seria preferível.

Mas nesse momento os cavalos deram sinal de agitação e relincharam. Uma caleça com quatro magníficos cavalos negros veio se colocar ao lado da diligência. Os viajantes fizeram o sinal da cruz.

Um homem de belo aspecto, trazendo longa barba vermelha e na cabeça um feltro negro que lhe escondia metade do rosto, aproximou-se de nós. Seus olhos brilhantes ardiam como brasas.

— Você está adiantado esta noite, meu amigo — disse ele ao condutor.

Este balbuciou uma desculpa:

— O *gentleman* inglês está com pressa.

— Talvez seja por isso que você queira levá-lo até Bukovina. Não tente me enganar, amigo, é inútil.

Um sorriso cruel fendeu sua boca e descobriu, entre os lábios vermelhos, dentes agudos e brancos como marfim.

— Dê-me a bagagem do *gentleman* — disse ainda.

Subi na caleça, enquanto o estranho condutor tomava as rédeas e, sem me dirigir palavra, lançava os cavalos por uma estrada escura. Esperei que a diligência se afastasse e experimentei então um penoso sentimento de solidão. O homem se voltou para mim, a fim de lançar sobre os meus joelhos uma coberta.

— A noite está fria, *mein Herr* — disse ele, em excelente alemão. — E meu patrão recomendou que eu o tratasse bem. Sob a banqueta achará um frasco de *slivovitz*, que é uma espécie de *brandy*.

Agradeci. Uma vaga inquietação me estreitava o coração. Se nesse momento ele tivesse proposto voltar atrás, não me teria feito de rogado. O carro margeava uma escarpa, de repente fez uma volta e penetrou num caminho reto. Que horas poderiam ser?

Acendi um fósforo e consultei o relógio. As agulhas marcavam meia-noite menos cinco. Seria pois um supersticioso? Senti-me desagradavelmente surpreendido.

Um latido longínquo chegou aos meus ouvidos, outros responderam, e de repente um urro de animal feroz rasgou a noite. Os cavalos se retesaram. Mas o condutor acariciou-os com a voz e eles se acalmaram. Entretanto, tremiam todos os seus membros, e estavam cobertos de suor. Outros latidos soaram de novo e reconheci o uivo dos lobos. O carro virou à direita. Uma névoa ligeira pôs-se a cair e dentro em pouco cobriu toda a terra com um manto branco.

O vento trouxe ainda o latido dos cães, mas já mais enfraquecido, enquanto, ao contrário, o dos lobos parecia crescer.

O cocheiro mantinha o sangue-frio. De repente, à esquerda, vi brilhar uma ligeira flama azul. O cocheiro a viu também, pois deteve os cavalos, saltou para o chão e desapareceu sob as árvores.

Voltou dois minutos depois, subiu de novo à boleia e chicoteou os cavalos. Sem dúvida, eu tinha adormecido com os solavancos do carro, pois tive a impressão de ver em sonho numerosos lobos cercarem a carruagem. Distinguia seus dentes brancos, pontudos, e suas longas barbas vermelhas. O medo me paralisou. Como atravessaríamos esse círculo vivo? O homem se levantou na boleia e agitou os braços como para afastar um invisível obstáculo. Os lobos, domados, afastaram-se, enquanto partíamos de novo a toda brida. Sonho ou realidade?

Pouco depois, entramos no pátio de um vasto castelo em ruínas.

CAPÍTULO SEGUNDO

DIÁRIO DE JONATHAN HARKER
(continuação)
5 de maio

A caleça se deteve e o cocheiro me ajudou a descer; constatei que ele tinha um pulso de ferro. Tomou minhas bagagens e depositou-as diante de uma grande porta carcomida, chapeada de ferro. Depois, tornou a subir à boleia, chicoteou os cavalos e desapareceu por detrás do castelo. Esperei. Nenhum sinal de campainha ou de aldrava. Inútil chamar — minha voz não teria atravessado aqueles muros espessos como os de uma fortaleza. A demora me pareceu longa. Mil temores me assaltaram. Em que aventura tinha eu embarcado?

Não era uma coisa banal para mim, pequeno ajudante de notário, esta viagem empreendida para explicar a um estrangeiro o modo pelo qual ele devia agir se quisesse comprar um domínio na Inglaterra. Pequeno ajudante, que digo? Mina protestaria com indignação. Não obtive, dias antes da minha partida, o meu diploma de advogado?

Esfreguei os olhos e belisquei-me o braço, para me assegurar de que eu não sonhava. Tudo aquilo era, sem dúvida, um pesadelo do qual ia despertar na minha casa, no meu pequeno quarto de estudante. Mas não!

Ouvi por detrás da grande porta um pesado barulho de passos. A chave rangeu na fechadura, puxaram a enorme trave e a porta se abriu.

Diante de mim se achava um velho de queixo cuidadosamente escanhoado, de longos bigodes brancos e vestido de negro da cabeça aos pés. Trazia na mão uma antiga lâmpada de prata, e disse-me, acompanhando suas palavras com um gesto cortês:

— Seja bem-vindo a minha casa, senhor.

Isso no mais puro inglês, mas com um singular acento.

Atravessei o limiar e ele se apoderou bruscamente da minha mão. Estremeci ao contato gelado dos seus dedos.

— Seja bem-vindo a minha casa — repetiu —, entre livremente, regresse são e salvo e deixe aqui um pouco da felicidade que traz consigo.

Por que tive nesse momento a intuição de que talvez o cocheiro e o meu interlocutor não fossem senão uma única e mesma pessoa?

— Conde Drácula? — perguntei, saudando-o.

— Ele próprio, sr. Harker. Entre, eu lhe peço, a noite está fria e o senhor tem necessidade de alimento e repouso.

Depositou a lâmpada num nicho da parede e encarregou-se da minha valise.

— Não admitirei isso — disse eu, querendo tomá-la.

— Não, não, o senhor é meu hóspede. É um cuidado que me compete, já que os criados se acham deitados.

Segui o conde ao longo de um corredor, de uma escada de pedra, depois de um segundo corredor lajeado, no fim do qual se achava uma porta. Vi com prazer um quarto bem iluminado, uma mesa servida para jantar e um grande fogo de lenha na lareira.

O conde tornou a fechar a porta, atravessou o quarto e abriu uma pequena porta que dava para um segundo quarto, estreito e sem janelas, ao qual se seguia um novo e grande quarto bem iluminado, onde um enorme fogo ardia na lareira.

— O senhor deseja, sem dúvida, fazer sua toalete. Deixo-o, pois — disse meu hospedeiro —, e, quando estiver pronto, vá ao aposento ao lado, pois encontrará lá o que comer.

Esse benevolente acolhimento dissipou meus temores. Descobri que me achava com uma fome de lobo, e apressei meus preparativos. O conde me esperava no cômodo vizinho.

— Sente-se à mesa — disse ele —, e desculpe-me por não lhe fazer companhia. Já jantei e não ceio nunca.

Entreguei-lhe a carta que o sr. Hawkins me tinha encarregado de transmitir-lhe. Ele leu-a gravemente e estendeu-a de novo para mim com um amável sorriso. Percorri com prazer os elogios que meu patrão me fazia:

> *Lamento que um ataque de gota me impeça de viajar durante algum tempo. Mas sinto-me feliz em lhe afirmar que o sr. Harker me substituirá vantajosamente. Tenho toda a confiança nele. É enérgico e inteligente, discreto e silencioso, e lhe dará todas as informações e os conselhos que desejar sobre a questão que lhe interessa.*

O conde descobriu ele próprio os pratos, e aspirei não sem intenso prazer o excelente odor do frango assado. Uma salada, um queijo e uma garrafa de velho Tokay completavam agradavelmente minha ceia, durante a qual o conde me interrogou sobre a viagem que fizera. Quando me senti farto, instalamo-nos perto do fogo e aceitei com reconhecimento o cigarro que ele me ofereceu. O conde, da sua parte, desculpou-se de novo por não fumar. Examinei à vontade sua fisionomia.

Possui um nariz aquilino, narinas muito dilatadas, uma grande fronte e uma bela cabeleira que já começa a branquejar nas têmporas. Suas sobrancelhas são espessas e se juntam, a boca é cruel, tem dentes agudos que denotam uma extraordinária vitalidade num

homem da sua idade. Tem queixo forte e faces lisas. O que mais me impressionou foi sua estranha palidez.

Suas mãos peludas são vulgares, seus dedos espatulados, ornados de unhas longas e cortantes. Em certo momento, ele se inclinou sobre mim e tocou-me com o dedo; não pude reprimir um estremecimento nem dominar um sentimento de repulsa. O conde percebeu-o sem dúvida, pois recuou com um sorriso. Seguiu-se um curto silêncio. Contemplei a janela e vi que a aurora se levantava. De repente, do vale, subiu o grito dos lobos. Os olhos do conde faiscaram.

— Escute esta música — disse ele, extasiado.

Reparou no meu espanto e ajuntou:

— Os senhores, citadinos, não podem compreender a alegria dos caçadores.

E levantando-se:

— Deve estar fatigado — disse ele —, seu quarto o espera, levante-se amanhã à hora que quiser, pois estarei ausente durante toda a manhã.

Cortês, abriu-me ele próprio a porta do meu quarto.

Depois que estou só, os sentimentos mais contraditórios me agitam; duvido, temo e estremeço. Com tudo isso, experimento sinistros pressentimentos, que não desejo confessar. Que o Céu me proteja!

7 de maio

Repousei bastante nessas últimas vinte e quatro horas; despertei tarde, e, assim que me vesti, corri até o cômodo em que tinha ceado na véspera.

Um desjejum me esperava, o café fumegava diante do fogo. Sobre a mesa, um cartão trazia estes dizeres:

É preciso que eu me ausente por algumas horas, não me espere.

Depois da minha refeição, quis pedir ao criado que retirasse os pratos, mas não vi nenhuma campainha. É singular essa omissão:

o conde é tão rico! A baixela é de ouro maravilhosamente cinzelado, de um preço inestimável. As cortinas e as pinturas são de uma bela seda antiga. (Vi semelhantes em Hampton Court.) Mas em nenhum outro cômodo vejo espelho. Não existe nenhum, nem mesmo sobre minha mesa de toalete. Fui obrigado a me escanhoar diante de um pequeno espelho de bolso. Nenhum sinal de criados.

Quando acabei a refeição, que não posso chamar de desjejum, pois estava posta entre as cinco e as seis horas da tarde, lancei-me à procura de um livro. Abri uma porta e achei-me na biblioteca. Ali, para grande alegria minha, descobri uma enorme quantidade de livros ingleses, revistas e jornais dobrados. Sobre uma mesa, outras revistas inglesas, mas muito antigas.

Havia obras as mais variadas, relativas a política, história, geografia, botânica, geologia, direito inglês, e até um *Bottin* britânico.

O conde entrou nesse momento e desejou-me amavelmente bom-dia.

— Sinto-me contente em ver que descobriu a biblioteca; achará aqui muita coisa para interessá-lo. Estes amigos — disse ele colocando a mão sobre os velhos livros — me têm sido de um auxílio precioso. Por meio deles aprendi a conhecer e amar seu país. Mas ainda não falo correntemente sua língua.

Protestei sinceramente.

— Não, não — disse ele —, em Londres se veria bem que eu sou um estrangeiro, um boiardo! Espero que deseje permanecer algum tempo comigo, a fim de que possa me aperfeiçoar na língua inglesa, antes de tomar posse da terra que seu patrão, Peter Hawkins, me comprou nos arredores de Londres.

— De muito boa vontade.

Solicitei dele autorização para vir instalar-me algumas vezes na biblioteca.

— Pode circular à vontade no castelo, exceto, bem entendido, onde as portas se acham fechadas à chave. Estamos na Transilvânia, repare bem, e muitas coisas o surpreenderão, talvez — ajuntou ele com ar de quem se lamenta.

Encorajado por sua franqueza, eu lhe perguntei qual era o significado das chamas azuis que tínhamos percebido na véspera, o cocheiro e eu.

— Dizem — disse ele — que na véspera de São Jorge uma flama azul aparece no local em que está escondido um tesouro. Ora, é absolutamente certo que vários tesouros estão escondidos na região. Durante séculos os valáquios, os saxões e os turcos combateram sobre este solo, fertilizado pelo sangue dos invasores ou dos patriotas. Quando os austríacos e os húngaros invadiram o país, o povo se fez massacrar depois de ter ocultado tais riquezas.

— Por que, pois, os camponeses não procuram esses tesouros na noite de São Jorge?

— Porque são medrosos — disse o conde com um sorriso cruel. — Fecham-se em suas casas e não sairiam nem por um império. Mas fale-me antes de Londres, e da minha futura residência.

Fui procurar os papéis no meu quarto, e pela porta que tinha permanecido entreaberta ouvi um barulho de louça remexida. Quando voltei, vi que os pratos tinham sido retirados da mesa e que o fogo fora aceso.

As lâmpadas iluminavam agora a biblioteca, e o conde, estendido sobre o divã, folheava o guia dos caminhos de ferro da Inglaterra.

Espalhei meus papéis sobre a mesa e mostrei-lhe os planos e os mapas. Suas palavras me provaram que ele estava tão bem informado quanto eu próprio. Fiz essa observação em voz alta.

— Não é natural? — disse ele. — Quando estiver lá, meu amigo Jonathan Harker não se encontrará mais a meu lado, para me informar das coisas, pois estará sem dúvida em Exeter, isto é, a vários quilômetros de distância, junto a seu colega Peter Hawkins.

Completei pois as informações concernentes ao seu novo domínio de Purfleet, o conde assinou os contratos e, ditada por ele, escrevi a ordem de compra ao sr. Hawkins.

— Como descobriram esse domínio? — perguntou-me. — E como é ele?

— Eu o descobri por acaso. No decurso de uma excursão, uma tabuleta de "à venda" atraiu meu olhar. O parque é cercado por um alto muro de pedras de talhe e não é alugado há muitos anos. As portas são de carvalho antigo e de ferro corroído pela ferrugem. O domínio se chama Carfax. Sem dúvida é uma corruptela de *Quatre Face*, pois a casa é quadrada. Belas e velhas árvores sombreiam um pouco os cômodos. Diante do castelo, há um pequeno lago de onde parte um regato que serpenteia através da propriedade. A casa é grande e de vários estilos: possui poucas janelas, e todas são guarnecidas de grades de ferro. Essa fortaleza confina com uma capela. Além do mais, é isolada no campo. A casa mais próxima é um asilo de alienados.

— Estou encantado por saber que a casa é antiga — disse o conde. — Pertenço a uma velha família e me sentiria melhor numa casa antiga do que numa residência nova. Sinto-me feliz também por saber que possui uma capela. Nós, os nobres da Transilvânia, não gostamos de dormir o último sono entre estranhos. Quanto à tristeza, ela não me faz medo. Já não sou moço, infelizmente, e a alegria não é mais para a minha idade.

Sua face não parecia nada em acordo com suas palavras, e acreditei ler nela um sorriso satânico.

Pouco depois ele me deixou e eu passei a folhear um atlas que se abriu, como por acaso, sobre o mapa da Inglaterra. Inclinando-me sobre o mapa, vi que três localidades tinham sido marcadas com um pequeno círculo a tinta; eram, a leste de Londres, seu novo domínio, depois Exeter e Whitby, na costa de Yorkshire.

Uma meia hora se passou antes do regresso do conde.

— Ah! — disse ele —, sempre mergulhado nos livros! É preciso não se cansar em excesso. Venha, creio que sua ceia o espera.

Levou-me à peça vizinha, onde realmente alguns pratos estavam dispostos sobre a mesa.

O conde se desculpou de novo: tinha jantado durante a minha ausência, mas, como na véspera, sentou-se a meu lado e conversou durante o tempo em que eu comia.

Como na véspera, conversamos igualmente até tarde no decorrer da noite; o conde não se cansava de me interrogar sobre os assuntos mais variados. Eu não tinha sono e nem sequer percebi a fuga das horas.

O canto dos galos nos fez estremecer.

— Como — exclamou o conde levantando-se bruscamente — já é a madrugada! O senhor vai me desculpar por lhe atrapalhar o sono! Mas tudo isso me interessa tanto! Deixo-o, pois, em repouso.

Assim se acabou minha segunda noite no castelo.

8 de maio

Reina no castelo uma atmosfera estranha. Queria ter saído daqui, ou jamais ter entrado. Sem dúvida, esta existência noturna me deprime, mas não é tudo. Se ao menos pudesse me confiar a alguém! Mas não vejo senão o conde. Ele, sempre ele. Sou talvez o único ser vivo nesta casa. Estou perdido, se deixo-me arrastar pela imaginação.

Mal dormi algumas horas. Prendi meu pequeno espelho na janela e começava a me barbear, quando uma mão se colocou sobre a minha espádua.

— Bom dia — disse a voz do conde.

Estremeci e voltei-me, desagradavelmente surpreendido. Como não o tinha visto entrar, já que o meu pequeno espelho refletia todo o cômodo? Na minha emoção, causei um ligeiro corte no queixo. Saudei o conde e retomei minha ocupação. Nenhum erro dessa vez: o conde, se bem que estivesse atrás de mim, não se refletia no espelho.

Esse incidente, sobrevindo depois de tantas coisas insólitas, acentuou o mal-estar que eu sempre sinto junto ao meu hospedeiro. Vi então que um pouco de sangue escorria do meu ferimento e, colocando a navalha sobre a mesa, estendi a mão para uma toalha. O olhar do conde faiscou com um furor demoníaco. Que loucura atravessou seu espírito? Lançou-se de repente sobre mim e apertou-me a garganta: seus dedos tocaram a pequena cruz suspensa em torno do meu pescoço. Teria sido a virtude desse objeto sagrado? Imediatamente ele se acalmou.

— Tome cuidado — disse com voz doce. — Os cortes, neste país, são mais perigosos do que possa imaginar.

Arrebatou o meu espelho e ajuntou:

— Este pedaço de vidro é a causa de tudo, não quero mais vê-lo.

Abriu a janela vivamente e lançou-o no terraço, onde ele se partiu em mil pedaços.

Depois dessa explosão, saiu sem ajuntar mais uma só palavra.

Estou muito contrariado com esse incidente. Como me barbear agora? Não tenho mais do que o vidro do meu relógio ou o meu prato de barba, que felizmente é de metal.

Meu desjejum me esperava. Sentei-me à mesa sozinho. É curioso que ainda não tenha visto o conde comer nem beber. Alimentar-se-á ele com o ar do tempo? Certamente é um original.

Em seguida, explorei o castelo. No lado sul, há uma vista admirável. O castelo está situado sobre um profundo abismo, coberto de árvores. Não descreverei a paisagem, pois tenho o coração apertado. Vi numerosas portas, todas estão fechadas à chave.

O castelo é uma verdadeira fortaleza, e eu sou um prisioneiro.

CAPÍTULO TERCEIRO

DIÁRIO DE JONATHAN HARKER
(continuação)

Esta constatação me aterroriza. Subi escadas, desci outras, sacudindo todas as portas, examinando todas as janelas. O sentimento da minha impotência me esmaga. Sinto-me como um rato na ratoeira. Passado o primeiro acesso de desespero, sentei-me para pensar.

Que fazer? Não encontro nenhuma solução. Uma única coisa é certa: não devo confiar no conde.

Não há nenhuma dúvida de que ele sabe que sou seu prisioneiro, e sem dúvida possui motivos para me conservar cativo. Guardarei, pois, os meus temores para mim mesmo, e abrirei os olhos.

Ou me apresso ou estou perdido! Cheguei a essa conclusão quando a grande porta se abriu. O conde regressava.

Ele não se dirigiu imediatamente para a biblioteca. Voltei na ponta dos pés para o meu quarto e o surpreendi prestes a arranjar minha cama. Isso solidificou minha convicção de que não há criados na casa. E quando vi o conde, através do buraco da fechadura, colocar a toalha sobre a mesa de jantar, não conservei mais a menor dúvida. Fora ele e eu, não existe mais ninguém no castelo.

Então, que fazer? O cocheiro que me trouxe na primeira noite seria o próprio conde? Sim, certamente. E é também um domador de lobos! Por que o temiam meus companheiros de viagem? Por que será que um deles me deu uma flor de alho e outro uma rosa selvagem? Bendita seja a brava hospedeira que me me presenteou com esta pequena cruz, única coisa cujo contato me traz alguma serenidade. Quem é esse conde Drácula? Tentarei obrigá-lo a falar esta noite, procurando evitar suas suspeitas.

Meia-noite

Conversei longamente com o conde, tendo lhe feito algumas perguntas sobre a história da Transilvânia, sendo que este assunto o apaixona. Fala de heróis nacionais como se os tivesse conhecido e de batalhas como se nelas tivesse tomado parte. "A glória dos boiardos", disse ele, "é a minha." Quando fala a respeito da sua casa, diz sempre "nós", como se fosse um rei. Interessou-me muito, devido ao seu entusiasmo.

— Mas, ai — suspirou ele —, os dias de guerra não voltarão mais, já não se ousa derramar sangue e os grandes nomes já não se podem distinguir nos combates.

Não me deitei senão ao amanhecer. Este diário se parece com *As mil e uma noites*. A história se detém com o canto dos galos.

12 de maio

Não quero relatar aqui senão fatos comprovados. Ontem à noite, o conde veio ao meu quarto e me interrogou sobre questões de lei.

Perguntou-me se na Inglaterra um homem podia ter dois ou mais advogados.

— Uma dúzia — respondi —, se assim o deseja. Mas isso não serviria senão para embrulhar os negócios, e seria prejudicial aos seus interesses.

Ele pareceu compreender o que eu dizia. Pouco depois, indagou à queima-roupa:

— O senhor tem escrito outras cartas além daquela que endereçou ao sr. Peter Hawkins?

Respondi, com ligeira ironia, que não sabia como agir a fim de fazer partir as minhas mensagens.

— Eu próprio me encarregarei, jovem amigo, escreva — disse ele, colocando sua pesada mão sobre a minha espádua. — Escreva para anunciar aos seus amigos e conhecidos que ainda permanecerá um mês comigo.

— Tanto tempo assim? — exclamei, enquanto meu coração se apertava.

— É o meu desejo — disse ele com autoridade. — O sr. Hawkins afirmou que eu podia dispor inteiramente da sua pessoa. Teria ele me enganado?

Que fazer senão concordar? Devo ser inteiramente devotado aos interesses do meu patrão e, além do mais, não sou um prisioneiro do conde, quer queira, quer não?

Ele percebeu minha perturbação e ajuntou:

— Envie somente cartas curtas a seus amigos, a fim de informá-los não só de que se acha bem aqui, como para anunciar sua próxima volta.

Estendeu-me três folhas de papel e três envelopes, tão finos que não seria difícil ler por fora o que se achava escrito por dentro.

Para não causar desconfiança, enviarei cartas banais, mas em segredo escreverei ao sr. Hawkins, bem como a Mina, cartas estenografadas. Tanto pior, se o conde se mostrar intrigado.

Defronte a mim, o conde também redigiu sua correspondência, depois se levantou, levando o tinteiro e o porta-canetas. Na sua ausência, resolvi investigar aqueles endereços. A primeira carta era endereçada ao sr. Samuel Billington, nº 7, Le Croissant, Whitby. Uma outra ao sr. Leutner, em Varna. A terceira à Coutts e Cia., Londres. E, finalmente, a quarta aos srs. Klopstock e a Billreuth, banqueiros em Budapeste.

Teria levado minha indiscrição até mesmo a ler as duas primeiras cartas, que não estavam fechadas, se o conde não tivesse entrado. Selou os envelopes e disse-me:

— Desculpe-me se o deixo esta noite, mas tenho várias coisas a fazer.

No momento de fechar a porta, lançou-me este aviso:

— Aconselho-o, jovem amigo, a não dormir senão no seu quarto. O castelo é antigo e eu não juraria que ele não se acha mal-assombrado. Acho realmente que só estará em segurança nesta ala do castelo. Mas, bem entendido, faça o que quiser. Lavo as minhas mãos.

Essas palavras não tinham sido ditas para me tranquilizar.

Algumas horas mais tarde

Inicialmente, tinha me retirado para o meu quarto. No fim de algum tempo, o silêncio começou a me oprimir, e experimentei então a necessidade de respirar ar puro. Sufocava em me sentir prisioneiro. Essa existência noturna me deprime. Estremeço até mesmo com minha própria sombra e os pressentimentos mais sinistros me afogam em angústia. Desci a escada de pedra, embaixo da qual um grande terraço permite distinguir todo o pátio e a ala sul do castelo. Um magnífico luar banhava a paisagem. As colinas se esfumavam na distância e, a esta pálida luz, os vales se assemelhavam a grandes abismos de sombra. A doçura dessa bela noite me reconfortou um pouco.

De repente, vi mover-se alguma coisa ao longo do muro exterior, no lugar para onde se abrem, creio, as janelas do conde. Ocultei-me um pouco na sombra, sem no entanto afastar os olhos da parede. Na forma que se movia, reconheci o conde. Não distinguia sua face, mas suas mãos tão particulares o traíam bastante. Minha primeira impressão foi de curiosidade, não tardei muito a experimentar terror, pois o homem, de cabeça para baixo, deslizava sobre a parede que margeia o abismo. Seu manto se desfraldava em forma de grandes asas. Como acreditar nos meus próprios olhos? Não, realmente eu não me enganava: esse homem, com a agilidade de um lagarto, agarrava-se pelos pés e pelas mãos a cada saliência da pedra!

Em mãos de que criatura estou abandonado? Tenho medo! Tenho medo! Tenho medo!

15 de maio

Mais uma vez ainda vi o conde sair do castelo daquele estranho modo. Imediatamente aproveitei a ocasião para explorar os cômodos. Tomei no meu quarto a única lâmpada existente e desci ao hall, onde constatei que se podia puxar facilmente os ferrolhos da porta e abrir os cadeados. Mas a fechadura está trancada à chave. Será preciso que eu procure essa chave. Errei pelos corredores e tentei abrir várias portas. Inutilmente. No entanto, uma ou duas estavam abertas. Esses cômodos nada continham de extraordinário, além de velhos móveis empoeirados e roídos pelos vermes. No alto de uma escada, uma porta cedeu após alguma resistência. Dava acesso à ala sul. Como a outra, esta ala dá para um precipício. Observo, assim, que o castelo é construído sobre uma colina cercada dos três lados por um abismo. A oeste se estende o vale e, no fundo, as montanhas se levantam. Sem dúvida, nesses apartamentos é que se vivia há alguns anos, pois os móveis são mais confortáveis do que no restante da casa.

A lua, pelas janelas sem cortinas, lança sua doce claridade e minha lâmpada de nada serve, se bem que sua pequena flama me esquente um pouco o coração.

Este lugar me agrada, não sinto aqui a detestada presença do conde. Sentei-me diante de uma pequena mesa de carvalho, onde

outrora, talvez, alguma bela dama tenha rabiscado sua correspondência amorosa e onde acabo de estenografar, no meu diário, a narração dessas últimas horas.

16 de maio, pela manhã

Contanto que eu não me torne louco!... Este é o meu único temor. Felizmente posso analisar e relatar minhas impressões por escrito. Isso é um grande alívio. Os misteriosos avisos do conde não eram supérfluos. Para o futuro, nunca mais duvidarei dele.

Por que cometi a imprudência de lhe desobedecer?

Meu diário terminado, não quis deixar o pequeno cômodo hospitaleiro e tirei da alcova um divã carcomido que arrastei até a janela, a fim de contemplar o luar. Em seguida devo ter adormecido. Pelo menos assim espero, pois se não tiver sido um sonho o que vi, então temo tornar-me louco. E no entanto!... Eis o fato:

Continuo sempre o no mesmo cômodo e distingo o traço dos meus sapatos na poeira; diante de mim, num raio de luar, três belas mulheres me contemplam. Coisa estranha, elas não projetam sombras. Aproximam-se de mim, observam-me com atenção, e murmuram algumas palavras das quais não percebo o sentido. As duas primeiras são morenas, com narizes aquilinos como o do conde, e grandes olhos negros que ardem com um brilho estranho. A última é loura, loura como o cânhamo. Seus olhos são cor de safira. Parece-me que a conheço. Mas é absolutamente impossível lembrar-me quando e onde a encontrei. Todas três possuem dentes nacarados, cuja brancura contrasta com os lábios violentamente vermelhos. Elas me inquietam e ao mesmo tempo me seduzem.

A loura se aproxima de mim, e eu a observo através das pálpebras semicerradas. Com o coração aos saltos, espero. Ela passa a língua sobre os lábios gulosos e encosta a boca na minha garganta. Sinto a dentada de dois dentes agudos que me fazem desfalecer...

De repente, tive consciência da presença do conde. Abro os olhos e vejo meu hospedeiro tomar com furor o débil pescoço da jovem loura. Os olhos do conde faíscam como duas brasas, seu rosto se acha pálido e contraído. Com um grande gesto, semelhante ao que tinha feito para obrigar os lobos a recuar, ordena às mulheres que se afastem.

— Como ousam tocá-lo! — grita ele com voz surda. — Como ousam se aproximar, apesar da minha proibição? Para trás, este homem me pertence.

— Nada teremos esta noite? — indaga uma das morenas, apontando para um saco que o conde tinha lançado sobre o assoalho e que se agitava como se contivesse um animal.

— Tomem — disse o conde.

Então uma das mulheres abriu vivamente o saco. Se meus ouvidos não me enganaram, ouvi distintamente os vagidos de um recém-nascido. Depois todas três desapareceram com sua presa. Não sei por onde se escaparam, pois logo após desmaiei.

CAPÍTULO QUARTO

DIÁRIO DE JONATHAN HARKER
(continuação)

Despertei no meu leito. Teria sonhado ou não? Minhas roupas estão dobradas de um modo que não é o habitual e meu relógio está sem corda, coisa de que não me esqueço jamais. Serão indícios? Em todo caso, o conde tirou ele próprio a minha roupa e me deitou como se fosse uma criança, se bem que estivesse muito apressado, pois nem sequer rebuscou os meus bolsos. Reencontrei meu diário intacto.

Volto a meu quarto com alegria. É o meu único refúgio. De agora em diante não o deixarei mais, pois não desejo rever as medonhas mulheres que queriam sugar meu sangue.

18 de maio

Durante o dia, no entanto, desejoso de verificar a verdade, voltei ao pequeno cômodo, mas não pude entrar, pois a porta estava fechada à chave. Tenho medo de não ter sonhado.

19 de maio

Ontem à noite, o conde me pediu em tom suave para escrever três cartas ao sr. Hawkins: a primeira, para informá-lo de que meu trabalho aqui estava quase terminado e que eu me poria a caminho dentro em pouco. A segunda, dizendo que eu partia naquele dia mesmo. E a terceira certificando que já tinha abandonado o castelo e chegara a Bistritz.

Tentei escapar, mas para quê! Minha recusa despertaria as suspeitas do conde e o seu furor. Já sei bastante para tentar salvaguardar-me.

— Os correios — disse ele — são raros e incertos, e você se arrisca a não expedir a tempo estas cartas e a inquietar, assim, meus amigos. Eu as enviarei imediatamente. Esta última não partirá senão quando já tiver deixado o castelo.

Fingi não duvidar das suas palavras.

— De que modo devo datar as cartas? — perguntei.

Ele fez um rápido cálculo:

— A primeira do dia 12 de junho, a segunda de 19 e a terceira do dia 29.

Sei agora que me restam poucos dias. Que Deus me proteja!

28 de maio

Há para mim uma esperança de salvação. Um grupo de ciganos acampou ao pé do castelo. Escreverei algumas cartas aos meus e as remeterei deste modo. Já falei aos ciganos da minha janela, travamos conhecimento por meio de sinais.

Acabo de escrever a Mina em caracteres estenografados e aviso ao sr. Hawkins que ela lhe dará notícias minhas. Explico minha situação a Mina, mas atenuo o horror para não assustá-la muito. Lancei as cartas aos ciganos, e escorreguei para eles uma peça de ouro num envelope. O homem colocou-as na cintura e me fez compreender que obedeceria. Nada mais posso fazer. Esta manhã, passei algumas horas a ler na biblioteca.

O conde veio se juntar a mim, trazendo duas cartas na mão.

— Os ciganos me deram isto — disse ele com voz doce —, não sei de onde vem. (Ele abriu as cartas.) Veja, esta aqui o senhor a endereçou ao sr. Peter Hawkins! A outra (ele não pôde decifrar os caracteres e sua face se tornou sombria), a outra ultraja a amizade. Aliás, não está assinada, e assim não tenho nenhum escrúpulo em queimá-la.

E estendeu o papel para a chama, que o consumiu.

— Enviarei — disse ele — esta carta ao sr. Hawkins. Desculpe-me, amigo, por ter partido o lacre, ignorava que ela viesse da sua parte. Quer refazer o envelope?

Obedeci, o coração cheio de raiva.

Ele a levou de novo e ouvi a chave rodar na fechadura. A coisa estava completa, o conde me trancara.

Resignado, estendi-me sobre o divã e adormeci.

Duas horas mais tarde, o conde veio me despertar. Parecia de excelente humor.

— O senhor está caindo de sono — disse-me ele —, por que não vai repousar no seu quarto? Trabalharei durante esse tempo.

Segui seu conselho e, coisa estranha, apenas estendido, caí num pesado sono.

31 de maio

Ao despertar, tive a ideia de me munir de papel e envelopes, a fim de aproveitar o primeiro acaso que se oferecesse. Mas, infelizmente, revolvi em vão meu saco de viagem, todos os meus papéis tinham desaparecido. Não só os papéis, mas o horário dos caminhos de ferro, cartas de crédito, tudo o que me podia ser útil.

Abri minhas valises: minhas roupas de viagem também tinham desaparecido, bem como meu sobretudo e meu outro terno.

17 de junho

Acabava de me levantar, quando ouvi no pátio estalos de chicote e rumor de cascos. Precipitei-me à janela e avistei dois grandes veículos puxados, cada um, por oito sólidos cavalos e conduzidos por dois eslovacos protegidos com grandes chapéus, portando cinturões de couro e botas altas. Pensei em lançar-me na direção da porta, degringolar pela escada abaixo e, aproveitando o fato de a porta de entrada estar aberta, escorregar-me para o lado de fora... Mas antes que pudesse fazer tal coisa, verifiquei que minha porta estava fechada pelo lado de fora.

Inclinei-me então à janela e lancei grandes gritos. Os camponeses me olharam com ar estúpido. O chefe dos ciganos se aproximou deles e murmurou-lhes algumas palavras que os fez rir. Voltaram-se logo depois e nem meus gritos, nem minhas súplicas conseguiram despertar-lhes piedade. Ignoravam-me voluntariamente.

Os veículos puxados a cavalo continham grandes caixas com punhos de corda. Sem dúvida estavam vazias, pois os eslovacos as levantavam sem dificuldade. Depositaram-nas num canto do pátio, o cigano lhes deu algum dinheiro e logo após chicotearam de novo os cavalos e partiram.

24 de junho, madrugada

Ontem à noite o conde me deixou cedo. Logo que me vi sozinho, desci a grande escada de pedra e retomei meu posto de observação, junto à janela que dá para a ala sul.

Os ciganos estão alojados numa parte do castelo e trabalham para o conde num serviço que ignoro qual seja. Ouço de vez em quando, abafados, golpes de pá e de enxada. O que seria?

No fim de uma meia hora, vi abrir-se a janela do conde e uma forma deslizar ao longo da parede. Ele tinha vestido as minhas próprias roupas de viagem e trazia à espádua o saco de que se tinham apoderado as três mulheres.

Assim, ele se cobre com minhas roupas para que as pessoas me atribuam seus crimes e possam ao mesmo tempo se certificar de que eu não sou seu prisioneiro!

Com o coração inflamado pela raiva, resolvi esperar sua volta e me assentei sobre um degrau da escada. O latido de um cão me fez estremecer. Tudo está tranquilo, o tempo passa. Meu olhar se fixa, hipnotizado, sobre os traços de luz que a lua projeta na escada. Que formas são estas? Parece-me reconhecer as três mulheres! Decididamente, torno-me louco. Levanto-me bruscamente e regresso apressadamente ao meu quarto.

Enfim, respiro! A lâmpada ilumina docemente o cômodo e sinto-me em segurança.

Algumas horas passam, depois ouço um rumor vindo do quarto do conde, e um gemido que me faz sangrar o coração. O silêncio recai. Então eu me sentei de novo e chorei como uma criança.

Um grito no pátio. Precipito-me à janela. Uma mulher sacode a grade como louca, gritando:

— Monstro, dá-me de volta meu filho!

Ela me percebe, lança-se de joelhos, levanta as mãos como para me implorar, e repete aquela súplica que me esmaga. Arranca os cabelos, rasga o peito e tenta em vão abalar a porta.

Dominando esses gritos, ressoa um assovio prolongado, ao qual respondem os uivos dos lobos.

Alguns minutos mais e distingo suas formas magras. Aproximam-se da mulher, que nem sequer tenta fugir.

Adivinho o destino da criança e não a lamento: foi melhor mesmo que ela morresse...

25 de junho, pela manhã

Aqueles que nunca conheceram as angústias de uma noite trágica ignoram a doçura da aurora.

Ao se levantar, o sol dissipa meus temores. Vou agir para não pensar. A primeira carta foi expedida ontem.

Ainda não vi o conde durante o dia. Dormirá quando os outros se levantam? Se ao menos pudesse surpreendê-lo no seu quarto! Mas com que meios? Sua porta será sempre trancada?

Se no entanto existe um meio, ousarei empregá-lo? Sim, por que não seguirei o mesmo caminho que ele toma à noite? Subirei ao longo do muro e me introduzirei no seu aposento pela janela. Que irei arriscar afinal, já que de todos os modos a morte me espera? Adeus, Mina. Voltarei a ver-te um dia?

Algumas horas mais tarde

Obrigado, meu Deus, eis-me de volta são e salvo ao meu quarto! Posso relatar, no diário, a história da minha extraordinária expedição.

Sem ter tempo para refletir, passei para o lado de fora pela janela da escada. As enormes pedras de talha me serviram de degraus; além disso, tirara os sapatos. Felizmente, não sou sujeito a vertigens.

Assim, pude atingir a janela do conde. O cômodo estava vazio. Está sumariamente mobiliado e parece não ser habitado, pois os objetos estão cobertos de poeira. Num canto, um grande monte de ouro. Moedas de todas as espécies, romanas, inglesas, austríacas, húngaras, gregas e turcas, velhas de cerca de um século. Existem também algumas pedras preciosas. No fundo, uma porta maciça, que empurrei, e que se abriu. Leva, por um corredor, a uma escada de voltas, assaz íngreme. Desci prudentemente por causa da obscuridade, apenas perfurada aqui e ali por algumas lucarnas na parede.

Os últimos degraus terminam num subterrâneo de onde sobe um odor insípido de terra recentemente revolvida. Ando alguns passos e caio numa capela em ruínas, da qual fizeram um cemitério.

A abóbada, em dois lugares, deixa transparecer o céu. Reconheço as caixas trazidas pelos eslovacos. Estão cheias de terra. Nenhuma outra saída senão esta pela qual vim. Nichos se abrem na parede; percebo restos de caixões mortuários nas duas primeiras caixas. Na terceira... estendido sobre uma das caixas cheias de terra... o conde!

Parece morto, mas seus olhos, fixos e completamente abertos, não possuem o brilho vidrado dos mortos. Tem as faces pálidas e os lábios vermelhos. Inclino-me sobre ele: já não respira e seu coração não bate.

Aprestei-me a explorar seus bolsos, para achar as chaves do castelo. Se bem que ele estivesse inconsciente da minha presença, li nos seus olhos um ódio tal que escapei aterrorizado e voltei ao quarto pelo mesmo caminho por que tinha vindo.

Lancei-me sobre o leito, sem conseguir dominar meus estremecimentos.

29 de junho

Hoje partirá minha última carta. Vi o conde sair do castelo pela janela, sempre vestido com minhas roupas. Não penso em nada além de procurar uma arma de fogo para atirar nele. Mas temo bastante que as balas sejam impotentes contra esse demônio.

Não quis espiar sua volta da escada, temendo encontrar as três irmãs. Instalei-me na biblioteca com um livro, e não tardei a adormecer. Foi o próprio conde quem me despertou. Contemplava-me com uma inexprimível amargura.

— Meu amigo — disse-me ele —, nós nos abandonaremos amanhã. O senhor regressará à sua bela Inglaterra, pois já fiz partir sua carta. Amanhã estarei ausente, mas tudo se achará pronto para sua volta. O carro virá apanhá-lo e o conduzirá ao passo de Borgo, onde tomará a diligência que vai da Bukovina para Bistritz. Espero revê-lo um dia por estes lados...

Essas palavras não me tranquilizaram senão a meio, e para experimentar sua sinceridade, perguntei:

— Por que não posso partir esta noite?

— Porque, meu caro senhor, o cocheiro e os cavalos se acham ausentes.

— Mas caminharei de muito bom grado. Preferia partir agora mesmo.

Ele não escondeu um sorriso meloso e diabólico, que eu já conhecia bastante:

— E suas bagagens? — objetou.

— Mandarei apanhá-las depois.

Ele se inclinou com cortesia:

— Como quiser, meu jovem amigo, não quero retê-lo contra sua vontade, se bem que me sinta muito triste com sua insistência. Venha, pois!

Tomou a lâmpada com um gesto solene e precedeu-me até embaixo, na escada, no hall de entrada.

De repente, deteve-se.

— Escute — disse ele.

Ouvi os uivos dos lobos, bastante próximos. Combinavam, aqueles animais e ele, como os violinos de uma orquestra quando o maestro levanta sua varinha. O conde puxou os ferrolhos e fez tombar os cadeados. A porta se abriu sozinha.

Os latidos redobraram e vi luzir no escuro olhos ferozes e dentes de feras. Compreendi que seria inútil lutar contra o conde. De posse de semelhantes aliados, era inteiramente poderoso. Então, um terrível pressentimento atravessou o meu espírito: o conde tinha decidido a minha morte e projetava dar-me de pasto aos lobos.

— Feche a porta! — gritei. — Esperarei pela manhã!

Cobri a face com as mãos para dissimular minhas lágrimas. O conde me contemplou com ironia, tornou a fechar a porta e me acompanhou à biblioteca. Abandonei-o para me refugiar no meu quarto.

No fim de alguns minutos, ouvi um murmúrio por detrás da porta. Colei meu ouvido à fechadura e acreditei reconhecer a voz do conde.

— Para trás, a hora ainda não chegou. Paciência, amanhã à noite ele lhes pertencerá.

Com um gesto brusco abri completamente a porta, e vi as três horríveis irmãs que à minha vista rebentaram em riso e desapareceram.

Amanhã! Amanhã! Meu fim está tão próximo assim?

30 de junho, pela manhã

Eis talvez as últimas linhas que poderei escrever. Despertei com o canto dos galos, e com o coração aliviado desci até o hall. Já que a porta não fora fechada à chave, na véspera, talvez pudesse escapar. Puxei os pesados ferrolhos e fiz tombar os cadeados. Mas a porta não se moveu. Puxei, puxei com todas as minhas forças. Em vão.

Então decidi procurar a chave a qualquer preço. Entrei furtivamente mais uma vez ao quarto do conde. Arriscava a vida, mas pior! Esta angústia é intolerável.

Deslizei ao longo da parede e me introduzi pela janela. O quarto do conde estava vazio. Pela escada de voltas, ganhei a passagem subterrânea e a velha capela. O grande caixão continua sempre no seu lugar, mas dessa vez a tampa está abaixada. Levantei-a docemente: é preciso remexer, de qualquer modo, os bolsos do meu inimigo. O espetáculo que surge aos meus olhos me terrifica.

É bem o conde, mas rejuvenescido: seus cabelos e seus bigodes brancos se tornaram cinza, as faces estão mais cheias, a pele mais clara, a boca mais vermelha, enquanto nos cantos dos lábios, sobre o pescoço e o queixo, aparecem algumas gotas de sangue seco. Toquei nas suas roupas com inexprimível repulsa. Remexi seus bolsos, mas não encontrei a chave. O conde me contempla com um sorriso zombeteiro. Eis, pois, o monstro que eu ajudo a atrair para Londres, onde sem dúvida cometerá novos crimes. É preciso que dele eu livre o mundo. É preciso que esse homem desapareça.

Não tenho armas, mas eis uma enxada esquecida, sem dúvida! Deslizarei para o lado de fora, quando for o momento, vou bater-lhe em plena face...

Nesse momento, o conde volta a cabeça e me lança um olhar horrorizado. Seus olhos me hipnotizam e paralisam meu gesto. A enxada escapa das minhas mãos e cai sobre a tampa, que volta a se fechar com um barulho seco.

Que fazer? Ouço de repente vozes, cantos, um estalar de chicote, um rangido de rodas. Os ciganos, sem dúvida! Deslizarei para o lado de fora, quando eles abrirem a porta. Volto precipitadamente ao quarto do conde. Escuto. Rodam uma grossa chave na fechadura. Dir-se-ia que a porta se abre do lado da capela. Passos ressoam. Sem dúvida, há no castelo uma entrada que não conheço. Volto ao subterrâneo, mas nesse momento um brusco golpe de vento torna a fechar a porta que dá para o cemitério. De novo estou prisioneiro.

Ouço na capela os mesmos passos, golpes de martelo; parece que pregam as caixas. A porta tornou a se fechar. Ouvi de novo a chave rodar na fechadura.

Do pátio chegam até mim o estalar dos chicotes e o barulho de rodas que se afastam. Estou só no castelo com aquelas horríveis mulheres.

É preciso, é preciso que eu encontre um meio de sair daqui!

Volto para encher meus bolsos de ouro, depois deixo-me escorregar ao longo da parede. Se escapo, ganharei a estação mais próxima e me afastarei deste lugar maldito, onde os demônios possuem faces humanas. Arrisco a arrebentar-me na queda, mas prefiro este gênero de morte ao que me espera.

Até breve, Mina!

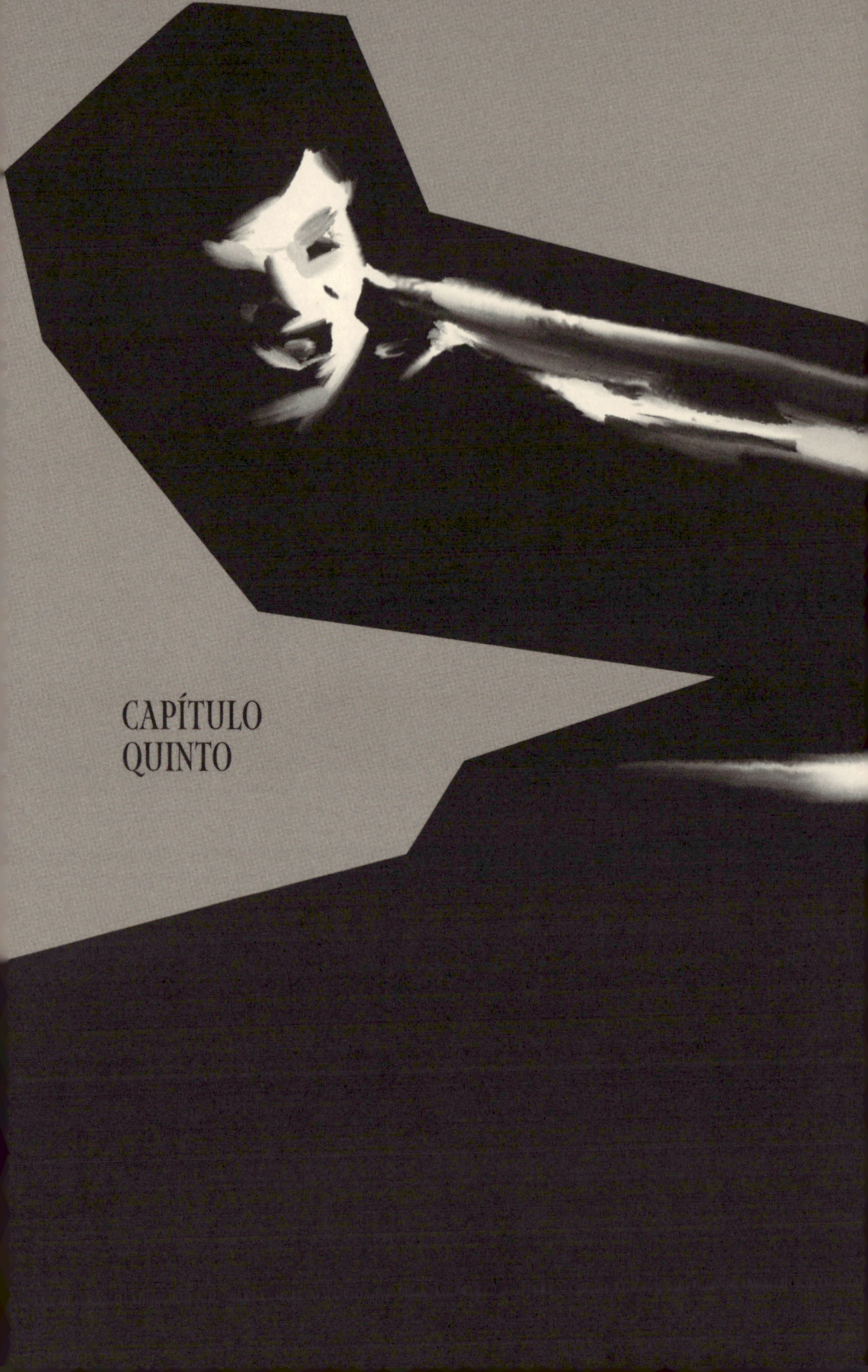

CAPÍTULO QUINTO

CARTA DA SRTA. MINA MURRAY À SRTA. LUCY WESTENRA

9 de maio

Minha querida Lucy,

Perdoe-me por ter demorado tanto a lhe escrever, mas o trabalho me esmaga. A vida de uma professora é bastante absorvente. Sinto muita vontade de estar contigo à beira-mar. Para agradar a Jonathan, tenho estenografado muito nestes últimos tempos, assim poderei lhe ser útil quando estivermos casados. Às vezes ele me escreve cartas estenografadas, a fim de me habituar, e sei também que ele estenografa suas notas de viagem. Também vou manter um diário estenografado, pois será um excelente exercício.

Jonathan não me enviou senão algumas breves linhas. Está bem e regressará dentro de uma semana. Sinto-me ansiosa por revê-lo. Quantas coisas não terá para contar! Tenho grande vontade de explorar com ele estes longínquos países, quando formos casados. Mas eis que soam as dez horas...

Até breve, minha querida.

Sua afeiçoada,
Mina

P.S.: Dê notícias suas. Que faz atualmente? Ouvi certos rumores referentes a um belo senhor de cabeleira ondulada!

CARTA DA SRTA. LUCY WESTENRA À SRTA. MINA MURRAY, CHATHAM STREET, Nº 17
Quarta-feira

Minha querida Mina,

Que lhe contarei? Londres é muito agradável neste momento. Vimos algumas exposições de pintura e passeamos no parque.

Basta de revolver sua cabeça: o senhor de bela cabeleira ondulada não é outro senão o sr. Arthur Holmwood. Vem nos ver muitas vezes e combina muito bem com mamãe.

Fiz ultimamente conhecimento de um rapaz que seria exatamente o seu tipo, se você não fosse noiva de Jonathan. É um excelente partido. É belo e de boa família. Além do mais, é um médico de futuro. Não tem senão 29 anos, e no entanto dirige um asilo de alienados. O sr. Holmwood foi quem no-lo apresentou, tendo ele vindo nos fazer uma visita. Sua calma admirável deve agir fortemente sobre os doentes. Ele olha os outros de um modo incisivo, direto, como se quisesse ler todos os seus pensamentos. Pretende que sou um curioso estudo psicológico.

Não lhe descreverei as modas, você sabe muito bem que não sou uma coquete. Pelo menos Arthur o pretende. Pronto, o meu segredo me escapa, mas também, desde o tempo em que éramos crianças, nada pudemos nos esconder. Oh, Mina, você adivinhou, eu o amo.

Ele ainda não se declarou, mas estou certa de que partilha de meus sentimentos. Eu o amo, eu o amo e sinto-me bem em lhe dizer isto. Até logo, Mina, responda-me o que pensa a respeito disso tudo.

Abraço-a de todo o coração,

Sua amiga Lucy

CARTA DA SRTA. LUCY WESTENRA À SRTA. MINA MURRAY
24 de maio

Minha querida Mina,

Mil vezes obrigada pela sua afetuosa carta. Acredita que eu, que vou fazer 20 anos no mês de setembro e que até agora nunca tinha sido pedida em casamento, acredita que tenha sido pedida três vezes no decorrer do mesmo dia?

Três ao mesmo tempo! Imagina isso, Mina? Sinto-me tão feliz que não sei por onde começar.

O primeiro pretendente se apresentou durante o almoço, já lhe falei sobre ele, é o dr. John Seward, diretor do asilo de alienados. Parecia muito calmo, mas no fundo estava nervoso. Na sua emoção, sentou-se sobre o chapéu alto de forma e pôs-se a brincar com uma lanceta, o que me impressionou muito. Ele disse logo que me conhecia muito pouco, mas que eu já lhe era necessária. E como eu me pusesse a chorar, acusou-se de ser um bruto, e fez menção de se levantar. Eu o retive e então ele me perguntou se eu acreditava que poderia amá-lo um dia. Fiz com a cabeça um sinal negativo. Então ele afirmou que não queria ser indiscreto, mas que desejava saber se eu amava outra pessoa. Senti que devia lhe dizer a verdade...

Então, gravemente, tomou-me as mãos e desejou-me todas as felicidades possíveis. "Se tiver necessidade de um amigo", disse-me ele, "pense em mim."

Ah, Mina, é encantador ser pedida em casamento, mas é bem triste despedaçar o coração de um homem!

As lágrimas me cegam, voltarei a escrever em breve.

Durante a noite

Arthur acaba de partir! Sinto-me bem feliz. Mas comecemos por ordem.

O número dois veio depois do almoço. É um sedutor americano do Texas. É muito moço, não se acreditaria que tenha viajado tanto.

O sr. Quincey Morris achou-me sozinha. Sentou-se ao meu lado sobre o canapé, tomou-me a mão e abordou logo o assunto:

— Srta. Lucy — disse ele docemente —, não sou digno de desatar os laços dos seus pequenos sapatos, mas se procura um homem que seja digno, poderá esperar muito tempo. Na ausência de melhor, não se contentaria com o imperfeito companheiro que sou?

Esse pequeno discurso me impressionou menos do que a confissão do pobre doutor. Respondi-lhe, rindo, que não tinha necessidade de companheiro. Então ele se perturbou e me fez uma declaração em regra. Imediatamente perdi o controle e ele percebeu tudo:

— Lucy, você é uma menina honesta — disse-me ele —, se o seu coração está tomado, não a importunarei mais e permanecerei sempre seu amigo devotado.

Minha querida Mina, você pode adivinhar minha emoção. Esse homem é realmente generoso, não?

Sinto-me esfacelada, e contarei um pouco mais tarde em que consiste a minha felicidade.

Sua Lucy

P.S.: Não tenho necessidade de dizer o nome do número três, pois sem dúvida você já o adivinhou. E depois, tudo aconteceu tão rapidamente... Ele chegou no quarto, enlaçou os braços em torno da minha cintura e beijou-me.

Sinto-me louca de alegria. Que fiz para merecer semelhante felicidade? Acrescento que o dr. Seward e Quincey Morris permanecem não só meus amigos, como também de Arthur.

CAPÍTULO SEXTO

DIÁRIO DE MINA MURRAY

24 de julho, Whitby

Fui apanhar Lucy e a mãe na estação de trem. Ela está ainda mais bonita do que antes. Descemos no bairro do Crescente, onde a sra. Westenra alugou uma pequena propriedade. A região é encantadora. O riacho de Esk corta o vale, que se alarga até as bordas do mar. As casas violeta lembram as de Nuremberg. Fora da cidade se encontra a antiga abadia de Whitby, velha ruína impressionante. Pretendem que ela é mal-assombrada por uma Dama Branca. A igreja confina a um grande cemitério, de onde se tem uma vista admirável sobre o porto e a baía. É um longo passeio. Voltarei muitas vezes. É desse lugar que rabisco estas linhas. Tenho por vizinho um velho marinheiro de rosto queimado como uma casca de árvore. Ele se diz velho de 100 anos, e afirma ter combatido em Waterloo. Quis interrogá-lo sobre a Dama Branca e sobre a lenda que pretende que os sinos batem quando, à noite, um barco se perde no mar, bem como sobre a história de um suicida cujo túmulo se erguia perto de nós.

Ele me diz bruscamente:

— É preciso não falar dessas coisas, senhorita.

Soaram seis horas; ele se levantou, dizendo:

— Minha filhinha me espera para o jantar.

Eu o vi descer os degraus que conduzem da igreja à cidade.

25 de julho

Subi ao cemitério com Lucy. Minha amiga trazia um vestido de flanela branca. Adquiriu cores. Todo mundo aqui a adora. Realmente, ela é tão encantadora!

Ela me falou ainda de Arthur, bem como do seu casamento, que estava próximo, e isso me entristeceu, pois há um mês que não tenho nenhuma notícia de Jonathan.

Voltei sozinha ao cemitério um pouco mais tarde: sinto-me inquieta. Não havia nenhuma carta para mim no correio. Contanto que nada tenha acontecido a Jonathan! Acabam de soar nove horas. Luzes se acendem na pequena cidade. À direita, a massa sombria da velha abadia. Carneiros balem nos campos, e os cascos de um pequeno asno ressoam no caminho, perto de mim.

Onde está Jonathan? Pensará ele em mim? Como gostaria que ele estivesse aqui!

26 de julho

Estou inquieta e não somente a respeito de Jonathan. Não tinha escutado falar a seu respeito há muito, quando ontem o bravo sr. Hawkins, que é cheio de atenções para comigo, mostrou-me uma carta na qual meu noivo anuncia sua volta em duas linhas breves. Essa brevidade não se assemelha em nada com ele.

A saúde de Lucy me causa inquietação. Ela tem bom aspecto, mas retomou seu velho hábito de caminhar dormindo. Falei a esse respeito com sua mãe e lhe prometi fechar cuidadosamente, todas as noites, a porta do quarto que Lucy partilha comigo.

A sra. Westenra está persuadida de que os sonâmbulos galgam os tetos, de onde se arriscam a cair e a quebrar o pescoço. Pobre senhora, ela ama tanto sua filha! Confessou-me que seu marido era atacado do mesmo mal.

Lucy se casará neste outono, já pensa no seu enxoval e na sua instalação. Ela me faz desejar mais vivamente a volta do meu noivo, mas a minha vida e a de Jonathan será mais modesta. Lutaremos muito para unir as duas pontas...

O sr. Arthur Holmwood, que é o único filho de lorde Godalming, virá se reunir ao nosso grupo dentro em pouco, isto é, desde que a saúde do seu pai lhe permita. Lucy conta os dias. Planeja levá-lo para apreciar a bela vista do cemitério e outras maravilhas de Whitby. Sem dúvida essa demora a enerva.

27 de julho

Nenhuma notícia de Jonathan. Isso me preocupa, se bem que não haja motivo para inquietação. Que ao menos ele me escreva, nem que seja uma linha!

Lucy se levanta todas as noites e eu desperto ouvindo-a caminhar no quarto. Felizmente o tempo está quente e ela não pode se resfriar. No entanto, essas insônias acabam por me deprimir e eu me torno nervosa. Lucy nada sente — e isso é o essencial.

O sr. Holmwood continua retido junto ao pai, que a cada dia piora. Lucy mostra-se desolada.

3 de agosto

Uma semana passada!... Sempre a mesma falta de notícias de Jonathan. Ah! Contanto que ele não esteja doente! Releio sua última carta, endereçada ao sr. Hawkins e que não me satisfaz de modo algum. No entanto, é realmente sua letra.

6 de agosto

Essa espera é intolerável! Se ao menos eu soubesse para onde lhe telegrafar! Mas ele abandonou o castelo. Como juntar-me a ele?

Ventou muito a noite passada; os marinheiros acham que a tempestade vai durar. O nevoeiro é intenso. Meu velho homem do mar me prediz naufrágios. Fui até o farol; o guarda, que explorava o mar com um binóculo, disse-me:

— Há um barco ao largo, deve ser de construção russa. Dança terrivelmente e poder-se-ia acreditar, ao vê-lo ir assim de um lado para outro, que não há ninguém a bordo. Ou então o piloto não conhece sua profissão. Terá sorte se não vier se arrebentar contra os arrecifes...

CAPÍTULO SÉTIMO

RECORTADO DO DAILY TELEGRAPH DE 8 DE AGOSTO E COLADO NO DIÁRIO DE MINA MURRAY

De um correspondente

Whitby — Uma formidável tempestade, tal como não era vista havia muito tempo, caiu ao largo de Whitby.

A noite de sábado tinha sido esplêndida. Grupos de passeantes se aventuraram até os bosques de Mulgrave, na baía de Robin Hood, na direção do moinho de Rig etc... Os pequenos vapores *Emma* e *Nelson* excursionaram ao longo da costa e grande animação reinou na pequena cidade de Whitby. Ao cair da noite, o vento se levantou e o sol se ocultou numa maravilhosa apoteose de nuvens púrpura que atraíram sobre o cais e no velho cemitério no alto do rochedo um bando de passeantes. Esse esplêndido espetáculo não será perdido pelos pintores e nós o admiraremos, espero, no próximo salão dos *Pores de sol* ou dos *Antes da tempestade*, dos srs. R. A. ou K. L.

Todas as barcas de pesca voltaram ao porto; só uma goleta estrangeira, velas abertas, conservou-se no mar. Esta singular imprudência suscitou muitos comentários.

Mais ou menos às dez horas a atmosfera se tornou sufocante, e um silêncio impressionante reinou.

À meia-noite o trovão estalou — o furacão se desencadeava. As vagas se elevaram a alturas prodigiosas. De súbito, a goleta estrangeira apareceu em pleno raio de luz de um farol. Um grito de angústia escapou de todos os peitos. E, no entanto, não havia ali senão velhos lobos do mar.

— É morte certa! Vão se arrebentar contra os rochedos!

Mas, levantada por uma vaga gigantesca, a goleta foi projetada na direção do porto. À luz do farol, viu-se com horror uma cabeça balançar na proa do barco. Foi o único ser humano que se percebeu. Por que espécie de magia essa goleta, cujo leme se achava nas mãos de um morto, entrou no porto?

Trazida pelas vagas, ela veio encalhar na praia. Nesse momento, um enorme cão amarelo saltou para a margem e desapareceu em direção ao cemitério. O guarda do farol foi o primeiro a subir à ponte. Eu estava bastante longe, mas não deixei de comparecer. Quando cheguei, já havia uma grande multidão sobre o cais e policiais interditavam o acesso à ponte. Exibi uma carta de jornalista e na qualidade de correspondente pude me reunir ao pequeno grupo que explorava o barco.

O piloto tinha as mãos amarradas ao leme, e as cordas haviam sido amarradas de tal maneira à roda, que lhe perfuravam as carnes. Na mão direita do cadáver havia ainda um pequeno crucifixo. O doutor, sr. Caffyn, acredita que a morte já se tenha dado há dois dias. Achou-se nos seus bolsos uma garrafa arrolhada que contém um pequeno rolo de papel. É, parece, o registro do barco.

A tempestade se acalmou, os curiosos se dispersaram e a aurora surgiu.

Enviarei mais amplos detalhes para a próxima edição.

9 de agosto

A goleta é russa. Vem de Varna e se chama *Deméter*. Como única carregação, traz grandes cofres cheios de terra, destinados a um notário de Whitby, sr. S. F. Billington, nº 7, Le Croissant. Este último tomou posse da sua carga esta manhã. Quanto ao cônsul da Rússia, agindo na qualidade de representante, pagou os direitos de entrada do barco, do qual mantém guarda momentaneamente.

Não se fala de outra coisa senão do acontecimento. Pergunta-se o que terá acontecido ao cão. Delegados da Sociedade Protetora dos Animais procuraram-no em vão. Deve ter escapado em direção às landes. Várias pessoas temem que esteja hidrófobo.

Muito cedo, esta manhã, um grande cão pertencente a um negociante de carvão foi encontrado morto no caminho, diante da própria porta do seu proprietário. Certamente deve ter sustentado luta feroz, pois tem a garganta rasgada e o flanco aberto ao meio.

Graças à amabilidade da Câmara do Comércio, pude percorrer o livro de registro do *Deméter*.

Nada oferece de particularmente interessante, fora assinalar o desaparecimento de alguns homens da equipagem. O documento mais interessante é o da garrafa. Foi revelado durante o interrogatório. Envio uma cópia, omitindo, apesar de tudo, alguns detalhes técnicos. Parece que antes de se lançar à água, o capitão foi tomado de loucura. Um dos secretários do consulado da Rússia dignou-se fornecer-me uma tradução do texto, que é a seguinte:

***Diário de bordo do* Deméter**
Travessia de Varna a Whitby

Coisas singulares se passaram a bordo. Quero anotá-las antes de desembarcar.

6 de julho — tomamos o carregamento, que consta de areia e caixas cheias de terra. Ao meio-dia, suspendem-se as velas. Vento fresco de leste. Cinco homens, dois imediatos, o cozinheiro e eu, capitão.

11 de julho — Madrugada, na entrada do Bósforo. Visita da alfândega turca. Bakchich (gorjetas). Tudo em regra. Novamente a caminho às quatro horas da tarde.

12 de julho — Dardanelos. Ainda a alfândega. Gorjetas para o "navio mestre". Novas bakchich. Visita rápida dos inspetores, contentes em nos ver partir. Atravessamos o arquipélago à noite.

13 de julho — Dobramos o cabo Matapan. A equipagem se mostra descontente, por motivos que ignoro.

14 de julho — A equipagem parece inquieta. No entanto, esses homens são bravos marinheiros. Já navegaram comigo.

Então? "Alguma coisa acontece", disse um dos homens ao meu imediato, sem querer ir mais longe. Irritado, o imediato agrediu o homem, que, para grande surpresa minha, nada retrucou. A calma reina.

16 de julho — O imediato me comunica que um dos marinheiros, Petrowski, desapareceu. É incompreensível.

17 de julho — Um dos homens, Olgaren, veio me falar. Afirma que, fora da equipagem, há um desconhecido a bordo. Ontem, enquanto estava de guarda, viu uma silhueta longa e estreita caminhar ao longo da ponte e desaparecer. Acompanhou-a de manso, pois não reconhecia nela nenhum dos nossos companheiros. Mas quando chegou à ponta da goleta, o homem desapareceu, sem que ele pudesse compreender por onde tinha passado. O medo se apossou dele, e temo que esse pânico se comunique por todo o barco.

Para tranquilizá-los, inspecionarei minuciosamente a goleta, de alto a baixo. Apesar dos protestos do meu imediato, que acha que assim desmoralizo os homens, visitamos os menores recantos. Não vejo de modo algum onde um ser humano possa se dissimular.

18 de julho — Tempo horrível, desde há dois dias. Não se tem vagar para temer fantasmas. Meus homens são enérgicos e corajosos. Não poupei meus cumprimentos. Passamos Gibraltar. Tudo vai bem.

24 de julho — Uma tristeza estranha pesa sobre a equipagem. Desapareceu outro homem, enquanto estava de guarda. O pânico reina de novo. Os homens pediram-me para velar de dois a dois. Não querem ficar sozinhos. Meu imediato lamenta o que ele chama de fraqueza minha.

28 de julho — Quatro dias do inferno. Vento e tempestade. Ninguém pôde dormir. Os homens estão extenuados. Nenhum está em estado de velar. O imediato se ofereceu, a fim de que os homens tenham algumas horas de repouso. O mar está bravio, mas o barco é sólido.

29 de julho — Outra tragédia. Durante a manhã, o homem de guarda desapareceu. Foi procurado em vão. Não temos mais do que um só imediato. O pânico está no auge.

30 de julho — Aproximamo-nos da Inglaterra. O tempo é belo. Todas as velas estão desfraldadas. Mas não tarda muito que o imediato me desperte, a fim de comunicar que o homem de guarda e o piloto desapareceram. Não resta a bordo mais do que o imediato, eu e dois homens que devem manobrar o barco.

1º de agosto — Dois dias de brumas e nenhuma vela à vista. No entanto, eu esperava que na Mancha surgisse alguma embarcação para a qual eu pudesse fazer sinais de socorro. Avançamos contra o vento. Meu imediato é agora o mais desmoralizado de todos.

2 de agosto, meia-noite — À meia-noite vim substituir o piloto no leme. Não havia ninguém. O vento rugia. Tomei a roda e chamei o imediato, que veio depressa, apenas parcialmente vestido. Tinha o ar aterrorizado. Temo que a razão o tenha abandonado. Murmurou com voz rouca, como se estivesse com medo de ser ouvido:

— Ele está aqui, agora eu sei. Na noite passada, eu o vi. Ele é semelhante a um homem: alto, magro e pálido. Ele se inclinou na amurada. Esgueirei-me por trás dele e lhe dei uma facada. Mas a faca o atravessou sem feri-lo, como se eu tivesse cortado o ar. Mas ele está aqui, eu o acharei de novo, sem dúvida está fechado num dos cofres. Eu os abrirei um a um. Permaneça no leme.

E se afastou, um dedo nos lábios.

Um pouco depois eu o vi subir à ponte, com uma caixa de ferramentas e uma lanterna. Certamente está louco. Inútil contrariá-lo.

De repente, um grito terrível fez eriçar meus cabelos na cabeça. Meu imediato se precipitou na ponte, a face convulsionada pelo terror.

— Salvai-me! Salvai-me! — gritava ele. — Conheço o segredo. Capitão, antes que não seja muito tarde, segui-me, pois é o único meio de lhe escapar...

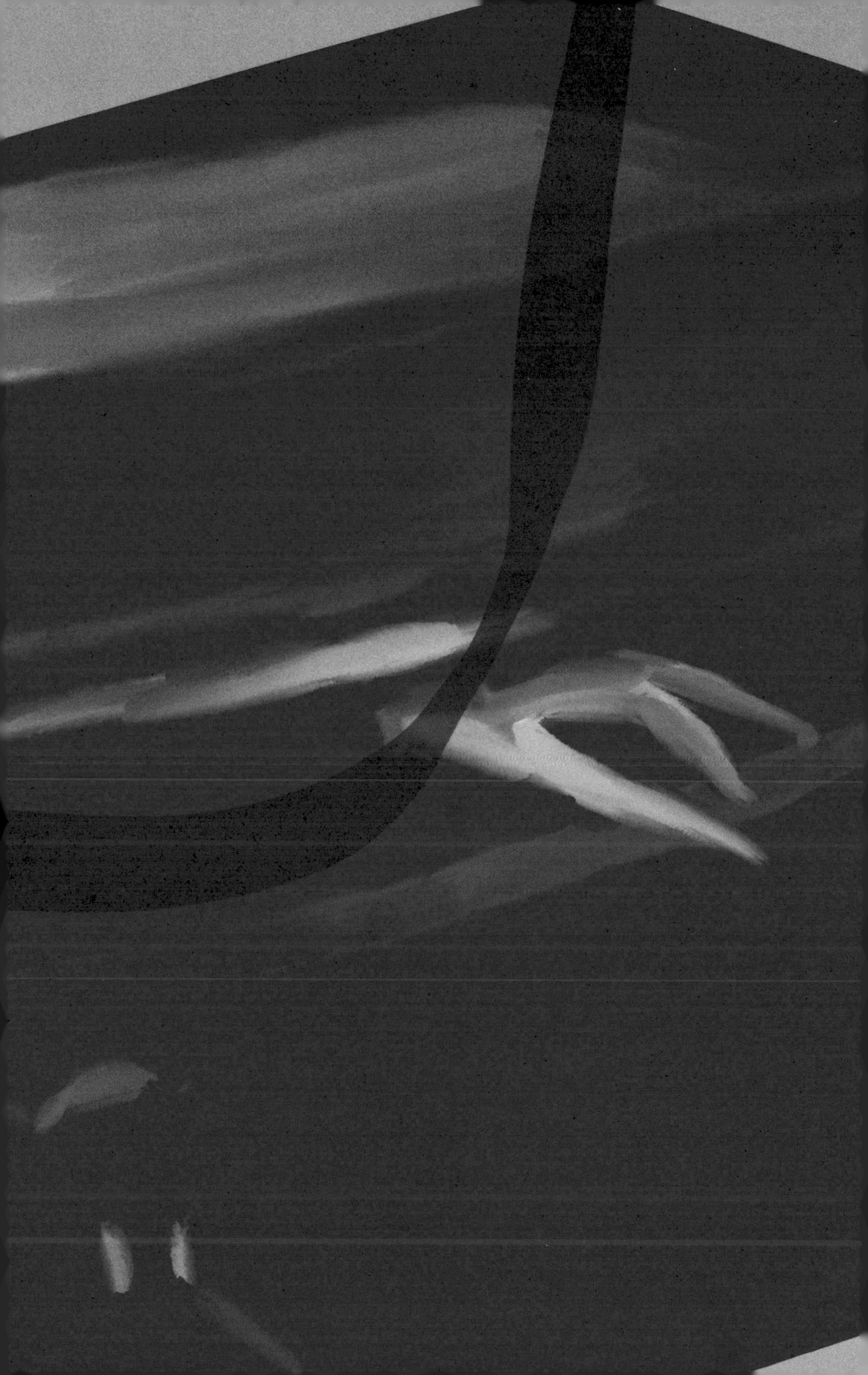

E antes que eu pudesse impedi-lo, cavalgou a amurada e precipitou-se nas ondas.

Começo a suspeitar da verdade. Esse louco contaminou meus homens e, um a um, todos eles foram tomados pela ideia do suicídio. Ajuntou-se hoje aos outros. Que o Senhor venha em meu auxílio. Quem me acreditará quando contar tudo isso? Mas chegarei a um porto?

4 de agosto — Há um nevoeiro intenso que o sol não pode atravessar. Eu o adivinho, no entanto, acima das nuvens. Não ouso de modo algum deixar o leme. Esta noite eu o vi, a Ele... Compreendo que o imediato se tenha matado. Se eu ousasse... Mas o dever me obriga a não deixar a embarcação. Amarrarei, se for preciso, minhas mãos ao leme, por temor de ceder à tentação, e nas minhas mãos fecharei o talismã que me preservará dele. Minhas forças me abandonam e a noite se aproxima... Se naufragarmos, esta garrafa revelará meu segredo. Compreenderão tudo. E vendo que permaneci fiel no meu posto, até o fim. Que a Virgem Santa e todos os santos do paraíso velem por mim!...

O inquérito nada revelou. Consideram aqui o capitão um herói, e esperam lhe fazer funerais públicos. Será enterrado no cemitério que domina o mar. Muitas centenas de homens do mar seguirão seu esquife.

E é assim que se resolverá este último "mistério marítimo".

DIÁRIO DE MINA MURRAY
8 de agosto

Lucy esteve bem agitada a noite passada. Não consegui conciliar o sono. A tempestade uivou sem cessar e o vento se abismava com força nas chaminés. Por duas vezes, Lucy se levantou e se vestiu. Felizmente, percebi a tempo e pude despi-la docemente. Realmente é curioso, esse estado sonambúlico.

Levantamos muito cedo e descemos ao porto. Havia muita gente, o sol brilhava e o ar era puro. Como me sinto feliz em pensar que Jonathan não estava ontem no mar! Onde estará ele? Que faz? Se ao menos eu pudesse agir!

10 de agosto — Os funerais do pobre capitão foram emocionantes. Homens do mar traziam o caixão e uma multidão enorme os seguia. Lucy e eu tínhamos chegado primeiro ao cemitério, que é nosso passeio favorito. Dentro em pouco a multidão também chegou.

Lucy parece muito deprimida. Creio que essas noites a fatigam. É verdade que soubemos também da morte do nosso velho amigo marinheiro. Descobriram-no uma manhã sobre o banco onde estamos, inanimado. Tinha nos olhos um brilho de terror intenso. Sem dúvida viu a Morte se aproximar. Pobre e velho homem...! Tínhamos tomado amizade por ele.

Outro pequeno incidente enervou também Lucy. Na verdade, ela é muito sensível. Pobre querida! Um dos homens do mar se tinha feito acompanhar pelo seu cão, um grande Terra-Nova, doce como um cordeiro. Ora, em meio ao serviço, no cemitério, o cão se pôs a latir de um modo lamentável. O marinheiro quis obrigá-lo a se calar, chamou-o e lhe fez sinal para vir se estender sobre uma tumba ao lado dele, a do homem que tinha se matado. Mas o cão se afastou, redobrando seus latidos. O homem, furioso, lançou-se sobre ele, e tomou-o pela coleira e obrigou-o a se deitar à força sobre a pedra. Instantaneamente o pobre animal se acalmou, mas foi tomado de um tremor espantoso, que durou todo o tempo da cerimônia. Lucy parece muito impressionada e considera o pobre animal com piedade. Estou certa de que ela sonhará com este incidente durante a noite. Vou fazer com ela um longo passeio, a fim de fatigá-la e na esperança de que dormirá um pesado sono.

CAPÍTULO OITAVO

DIÁRIO DE MINA MURRAY

11 de agosto, 3 horas da manhã

Não posso dormir, sinto-me muito nervosa. Mas também, que aventura!

Dormia há cerca de uma hora, quando um brusco choque sobre o coração me despertou. Acendi um fósforo. Que vejo? O leito de Lucy vazio. A porta fechada, mas não à chave. Para não despertar sua mãe, vesti-me sem rumor. Constatei que nenhuma vestimenta faltava ao guarda-roupa de Lucy, seu penhoar ainda estava sobre o leito. Portanto ela não podia estar longe, pensei, já que se achava de camisola.

Disparei pela escada abaixo e explorei todo o andar térreo. Ninguém.

A porta de entrada estava aberta. Abriguei-me sob um xale e saí à sua procura. O relógio do Croissant bateu uma hora. Ninguém à vista. Corri ao longo do cais. No entanto, sem perceber a silhueta branca que procurava. A lua brilhava; distingui as ruínas da abadia, uma massa escura contra o céu claro, e a extensão do cemitério. Aí, sobre o nosso banco favorito, percebo uma forma branca indistinta e pouco atrás uma sombra negra. Homem ou animal? Não saberia dizer, pois nesse momento uma nuvem passou sobre a lua.

Escalei os degraus abruptos; o caminho me pareceu interminável. Tinha a impressão de estar calçada de chumbo. Quando atingi a porta do cemitério, vi nitidamente uma longa forma negra inclinada sobre a minha amiga. Aterrorizada, gritei: "Lucy! Lucy!" Ela não se moveu, mas por detrás dela dois olhos brilhantes e vermelhos me examinaram. Empurrei a grade; durante um minuto, a igreja ocultou-os. Quando cheguei perto de Lucy, ela estava sozinha.

Dormia, os lábios entreabertos, e respirava apenas, como se o ar lhe faltasse: levou as mãos ao pescoço, como para cruzar a gola do capote. Temi que ela se resfriasse e lancei meu xale sobre suas espáduas, prendendo-o com um alfinete de mola. Teria ferido seu pescoço sem perceber? Ela tornou a acariciá-lo, como se sentisse alguma dor. Calcei-a com meus sapatos e despertei-a docemente. Readquiriu os sentidos pouco a pouco, e não pareceu surpreendida ao me ver. Pôs-se a tremer e lançou os braços em torno do meu pescoço. Seguiu-me docilmente e voltamos sem encontrar ninguém. Felizmente! Que absurdas histórias teriam feito correr no dia seguinte!

Quando a coloquei sobre o leito, ela me suplicou para não falar da sua aventura com ninguém. Prometi, e além do mais sua mãe está tão doente que prefiro não lhe infligir uma emoção inútil.

Meio-dia

Lucy dormia tão bem, e de um modo tão pesado, que fui obrigada a despertá-la. Está de bom humor. Devo tê-la ferido estupidamente com o alfinete, pois ela traz no pescoço duas pequenas picadas vermelhas e sobre a camisola, uma gota de sangue.

Durante a noite

Bom dia. Almoçamos nos bosques de Mulgrave. A sra. Westenra veio de carro. Meu prazer teria sido completo se Jonathan nos tivesse acompanhado. Enfim, paciência...!

À noite fomos ao cassino ouvir um pouco de música e deitamos cedo. Lucy parece mais tranquila do que de costume. Fecharei a porta à chave e velarei para que o incidente da noite passada não se reproduza.

12 de agosto

Enganei-me: duas vezes, esta noite, Lucy me despertou; queria partir, mas diante da porta fechada tornou a se deitar, descontente.

13 de agosto

Ainda um dia a mais que se esgota. Ontem à noite, tinha posto mais uma vez a chave sob meu travesseiro. Mais ou menos à meia-noite, Lucy, sentada sobre sua cama, designava a janela, adormecida. Levantei-me sem barulho e levantei o *store*. Havia um belo luar, uma grande paz subia do mar. No céu, um enorme morcego voltejava. Aproximou-se do vidro, mas, aterrorizado à minha vista, fugiu em direção à abadia. Lucy tornou a se deitar e não tardou a dormir tranquilamente.

14 de agosto

Passei a tarde lendo nos rochedos. Lucy aprecia esse lugar, e mal consigo trazê-la para casa nas horas de refeição. Antes de entrar, admiramos ao entardecer o esplêndido pôr de sol. As nuvens púrpura incendiavam o céu e lançavam sobre a paisagem um clarão rosado. Estávamos caladas há algum tempo, quando Lucy murmurou como um sonho:

— Esses olhos vermelhos, sempre!

Estremeci, surpreendida com essa frase que parecia não significar coisa alguma. Seu olhar ausente pousava sobre a silhueta estranha de um homem sentado num banco de pedra; os olhos desse homem, à luz do crepúsculo, brilhavam como o ardor das brasas. Mas a ilusão se dissipou quando se extinguiu um raio de sol que ardia nos vitrais da igreja. Comuniquei a Lucy esse fenômeno, e ela voltou a si com um estremecimento. Talvez pensasse naquela horrível noite sobre a qual não falamos nunca...

Voltamos em silêncio. Lucy tinha dor de cabeça. Ela se deitou ao sair da mesa. Assim que adormeceu, saí para dar uma pequena volta até os rochedos.

Pensava em Jonathan e não me sentia alegre. A noite estava esplêndida.

Diante da casa, antes de entrar, lancei uma vista de olhos à janela de Lucy. Percebi minha amiga debruçada no balcão, agitando um lenço. Sem dúvida esperava meu regresso. Mas não, ela nem sequer pareceu me ver. Ao me aproximar, distingui junto dela uma vasta sombra que se assemelhava a um gigantesco pássaro. Subi a escada em três saltos e entrei no quarto; Lucy dormia, respirava penosamente e trazia constantemente a mão ao pescoço, como para se preservar do frio. Tornei a puxar as cobertas sem acordá-la e fechei de novo a janela. Lucy está mais pálida do que de costume.

15 de agosto

Levantamos mais tarde do que habitualmente. Lucy está fatigada. Boa surpresa durante o almoço: uma carta de Arthur. Seu pai se acha melhor e apressarão o casamento. A sra. Westenra me confiou que ela se regozijava por ver nele um protetor; a pobre senhora sabe que não tem muito tempo a viver. Seu coração se enfraquece dia a dia.

17 de agosto

Não pude escrever ontem. Uma tristeza pesa sobre a casa. Nenhuma notícia do meu noivo. Nada compreendo do estado de Lucy, ela tem bom apetite e no entanto enfraquece a olhos vistos. Não sai mais, dormindo, desde que escondo a chave sob meu travesseiro, mas todas as noites vem se postar junto à janela aberta. Eu a surpreendi durante a noite passada, quis despertá-la, mas a pobre moça desmaiou. Tive muito trabalho em fazê-la voltar a si. Pôs-se a chorar, sentindo-se mais fraca do que uma convalescente. Os dois pontos vermelhos que traz na garganta, causados pela minha falta de jeito, não se cicatrizam, ao contrário, alargam-se como duas pequenas chagas. A carne é branca nas bordas. Se não melhorar dentro de dois dias, consultarei um médico.

18 de agosto

Lucy vai muito melhor. Volta a ser corada como antigamente e eu me regozijo com isto. Fomos juntas ao velho cemitério.

— Que foi que me trouxe aqui durante a noite? — perguntou-me ela, rindo.

— Você sonhava, sem dúvida.

— Talvez, mas guardo uma lembrança precisa, como se tratasse de uma realidade. Fui atraída como por um ímã, se bem que tivesse medo. Lembro-me de ter atravessado, adormecida, as ruas e a ponte; os cães latiam. Subi os degraus da velha abadia. Em seguida, vejo um homem todo negro, com olhos vermelhos; ele se aproxima de mim, pensei mergulhar numa água profunda que me enchia os ouvidos e senti que minha alma me abandonava. Depois, fui violentamente sacudida: era você quem me despertava.

Ela soltou um pequeno riso singular e não insisti mais.

19 de agosto

Alegria! Alegria! Alegria! Não plena, no entanto. Tenho, enfim, notícias de Jonathan. O querido amigo caiu doente com uma febre cerebral em Budapeste, no Hospital das Irmãs de São José. Este é o motivo por que não me escreveu. Agora que eu o sei, estou tranquila. Parto esta manhã para me encontrar com Jonathan, cuidar dele, curá-lo e trazê-lo de volta. A carta da irmã Agatha me fez chorar de emoção e de alegria. Meu noivo teria recebido um terrível choque nervoso. No seu delírio, falou muito a respeito de lobo e sangue, mas já está a caminho da cura. Alegria! Alegria!

DIÁRIO DO DR. SEWARD

25 de maio

Não dormi durante esta noite. Desde a recusa que sofri por parte da doce Lucy, sinto-me completamente desmoralizado. No entanto, gosto muito de Arthur. A disciplina e o trabalho me colocarão de novo nos eixos, se bem que seja muito difícil. Procuro interessar-me nos doentes. Um deles, sobretudo, me intriga. É tão bizarro, tão diferente dos outros loucos! Estudo-o particularmente.

Eu o fiz falar hoje a respeito da sua loucura, o que evito geralmente. Eis as observações que anotei:

> *Sr. Renfield, 59 anos, temperamento sanguíneo, grande força física, excitação mórbida, períodos de depressão, ideia fixa que ainda não pude precisar nitidamente. Perigoso.*

5 de junho

O caso Renfield me interessa cada vez mais. Esse homem possui qualidades; é discreto, pouco egoísta e possui um certo espírito de organização. Parece perseguir um determinado e secreto fim. Qual?

Possui um amor excessivo para com os animais, amor este que às vezes adquire forma cruel. Sua grande paixão é caçar moscas. Tinha já uma tal quantidade que fui obrigado a detê-lo. Não se enfureceu como eu esperava, mas pareceu refletir profundamente:

— Dê-me três dias para fazê-las desaparecer — disse-me ele.

Dei-lhe a permissão: é preciso que eu o observe.

18 de junho

Agora ele coleciona aranhas, fechando-as numa caixa. Alimenta-as com moscas, cujo número já diminuiu.

1° de julho

Suas aranhas se tornam tão aborrecidas quanto as moscas. Pedi a ele para suprimi-las. Pareceu muito triste diante dessa ideia.

Durante o tempo em que esteve no meu quarto, uma grande mosca azul entrou zumbindo. Ele a segurou entre o polegar e o indicador, e antes que pudesse deter o seu gesto, engoliu-a. Como o repreendesse, respondeu-me docemente que era uma magnífica maneira de se alimentar.

— É vida — acrescentou ele.

Essas palavras me sugeriram uma ideia, que investigarei.

Ele medita, evidentemente, sobre grandes coisas, pois escreve constantemente pequenas notas num caderninho; sua loucura não é incoerente. Aprisionou uma andorinha, que sem dúvida alimenta com suas aranhas.

19 de julho

Meu doente possui agora toda uma colônia de andorinhas, não lhe restando mais nem aranhas, nem moscas.

Acaba de me suplicar para lhe conceder um grande favor. Com voz balbuciante, disse-me:

— Queria um gato, um belo gatinho com o qual pudesse brincar e alimentar ao mesmo tempo.

— Refletirei sobre isto — respondi-lhe eu.

Ele esperará muito tempo, pois não desejo que sua bela pequena família de andorinhas tenha o mesmo destino que as moscas e as aranhas.

— Imediatamente? — perguntou-me de novo.

— Não, mais tarde.

Lançou-me um olhar assassino. Esse homem, doce na aparência, tem mania homicida.

10 horas da noite

Quando o revi, ele se lançou de joelhos aos meus pés e suplicou-me para lhe conceder um gato, como se a sua saúde dependesse da minha resposta. Mantive a minha negativa. Nada disse, mas recuou para o ângulo do aposento e de raiva pôs-se a roer as unhas.

20 de julho

Esta manhã comecei a minha ronda por Renfield. Ele assoviava, colocando sobre o peitoril da janela alguns pedaços de açúcar poupados do seu almoço. Sem dúvida servia de armadilha para as moscas. Perguntei o que ele tinha feito dos pássaros, que já não via mais. Respondeu-me, sem se voltar, que tinham voado.

Descobri algumas penas sobre o assoalho e, no seu travesseiro, uma gota de sangue. Não insisti mais e pedi ao guarda para velá-lo particularmente.

11 horas da manhã

O guarda veio me dizer que Renfield tem estado muito doente, e que lhe restituiu um pacote de penas.

— Tenho minha ideia a esse respeito — disse-me o bravo homem. — Acho que ele engoliu os pássaros crus.

11 horas da noite

Fiz Renfield tomar um soporífico, e enquanto ele dormia roubei seu caderninho de notas. O que eu suspeitava se confirma. É preciso colocar meu cliente numa nova categoria. Trata-se de um zoófago (comedor de carne viva). Admiro a engenhosidade com que ele atinge seu fim. No caderninho que nunca abandona, estão cuidadosamente anotadas as vidas que sacrificou.

19 de agosto

Súbita mudança na conduta de Renfield. Ontem, mais ou menos às oito horas da noite, tornou-se agitado e pôs-se a farejar como um cão que reconhece os passos do dono. O guarda o interrogou e meu doente, sempre cortês com o homem, respondeu-lhe brutalmente:

— Não quero lhe falar. Você não existe para mim, espero o Mestre.

O guarda acredita que ele está atingido por uma nova forma de mania religiosa.

Nesse caso, faremos bem em redobrar a vigilância. Nada de mais perigoso do que a mania homicida junto à mania religiosa. Às nove horas da noite, eu lhe fiz uma pequena visita. Ele me recebeu com o mesmo desprezo que ao guarda. Breve se acreditará o próprio Deus. Fingi então ignorá-lo, sem todavia deixar de vigiá-lo. Ele se sentou na beira da cama, o olhar vago. Para saber se essa indiferença era simulada, falei sobre os seus favoritos. Ele não respondeu prontamente, depois gritou de mau humor:

— Importo-me com isso tanto como com o meu primeiro chinelo!

— Como — respondi admirado —, já não aprecia mais as aranhas?

Ao que ele respondeu enigmaticamente:

— As damas de honra regozijam os olhos dos que esperam a noiva, mas quando a própria noiva aparece, eclipsa todas as damas de honra.

E nada mais disse.

Estou fatigado, a lembrança de Lucy me persegue mais do que eu queria. Se não conseguir dormir, tomarei cloral. Não, não é razoável, não quero me habituar...

Fiz bem em me abster. Às duas horas da manhã, o relógio acabava de bater quando o guarda correu a me prevenir que Renfield tinha fugido. Vesti minhas roupas e precipitei-me para fora: meu doente é muito perigoso para que o deixe circular em liberdade. O guarda da seção me afirma que dez minutos antes, pela lucarna, vira Renfield adormecido no seu leito. O rumor de uma janela que se abria colocou-o em guarda. Correu justamente a tempo de ver nosso louco desaparecer pela janela, em camisola de dormir. Foi então que me preveniu. O guarda, um gigante, não pôde passar pela janela, mas eu, que sou magro, segui aquele caminho. Pulei em terra: a janela não se acha senão a três metros do chão. Corri em frente, e no fundo do jardim, através de um grupo de árvores, vi Renfield escalar o muro que separa nosso jardim de um parque vizinho, pertencente a um domínio inabitado.

Voltei ao asilo e dei ordem ao guarda de ir com três homens ao domínio de Carfax. Trouxemos uma escada até o muro e eu me deixei escorregar do outro lado. Vi o meu prisioneiro se lançar em direção à capela. Deteve-se diante da porta e trocou algumas palavras com alguém que se achava do outro lado da porta. Não ousei me aproximar, temeroso de colocá-lo em fuga. No entanto, ouvi essas palavras:

— Vim atender ao seu apelo, Mestre. Sou seu escravo e o servirei fielmente. Há muito tempo que eu o adoro, e por isso é que espero recompensa idêntica.

Meus homens se lançaram sobre ele; o doente se debateu como um tigre. Esse homem parece mais um lobo do que um ser humano. Nunca vi em nenhum louco um tal paroxismo de raiva. Nesse momento, ele está em segurança — vestiram-no uma camisa de força e ligaram-no com correntes à parede.

Ele lança gritos terríveis. Acalmou-se um pouco e disse:

— Serei paciente, Mestre, a hora virá, a hora virá.

20 de agosto

O caso Renfield se torna cada vez mais apaixonante. Durante uma semana ele se conduziu como um forçado, depois, uma noite, como a lua acabasse de se levantar, ele se acalmou de repente e murmurou:

— Agora posso esperar!

Que esperará ele? Dei ordem para aliviá-lo da prisão. Os guardas hesitaram. O louco percebeu a desconfiança, e assim que se viu livre aproximou-se e murmurou ao meu ouvido:

— Dizer que eles imaginam que eu possa lhe fazer mal, logo ao senhor!

Vê ele em mim um amigo ou quer me adular para obter um favor? Tento em vão obrigá-lo a falar, mas coisa alguma o tenta, nem mesmo o oferecimento de um gato.

Passou uma noite tranquila, mas desde a madrugada começou a se agitar de novo, caindo num tal paroxismo de furor que uma espécie de coma se seguiu.

(...) Há três noites já que se reproduz o mesmo fenômeno: violência louca durante o dia, depois calma perfeita desde que a lua se levanta até o nascimento do sol. Nada compreendo. Obedecerá ele a uma influência astral? Vou armar-lhe uma cilada. Esta noite será facilitada sua possibilidade de fuga; se se aproveitar dela, meus homens o seguirão. Saberemos, assim, o que medita.

23 de agosto

Renfield preferiu não escapar pela janela aberta, deixada assim propositadamente, mas quando o guarda veio visitá-lo à noite, como o faz habitualmente, derrubou-o ao chão e fugiu pelo corredor. Advertido imediatamente, reuni alguns guardas e o perseguimos. Como da última vez, acompanhamo-lo até o domínio deserto. Ele se apoiava à porta da velha capela. Ao me ver, entrou em tal furor que, se os guardas não o tivessem segurado, teria atentado contra a minha vida. De repente, levantou a cabeça e se acalmou instantaneamente. Segui seu olhar e nada vi de estranho, senão um grande morcego que fugia para o oeste.

— Não vale a pena me segurar desse modo — disse ele —, eu os acompanharei.

Com efeito, voltamos sem incidente, mas confesso que essa serenidade me inquieta mais do que o seu primitivo furor.

CAPÍTULO
NONO

CARTA DA SRA. MINA HARKER À SRTA. LUCY WESTENRA BUDAPESTE
24 de agosto

Minha querida Lucy,

Você deve esperar com impaciência notícias minhas desde o momento em que deixei a estação de Whitby. Saiba, minha querida, que à noite cheguei sem transtorno a Hull, onde tomei o barco para Hamburgo. Em seguida, várias horas em estrada de ferro. Já não me lembro mais desta viagem; Jonathan ocupa todo o meu pensamento...

Encontrei o meu bem-amado num triste estado, tão magro e tão pálido! Seus olhos não têm mais aquele brilho, ele não é mais que a sombra de si próprio e perdeu toda a memória do passado. Ao menos pretende tal coisa, e prefiro não insistir nisso. A irmã Agatha, uma boa criatura, me afirma que o seu delírio foi dos mais graves.

Quis que ela me contasse suas divagações, mas a religiosa fez o sinal da cruz e nada quis dizer. "É segredo de Deus!", murmurou ela. É uma brava e simples criatura. Somente deixou-me entender que ele não tinha cessado de pensar em mim, e isso me causou prazer.

Ele repousa e eu escrevo sentada à sua cabeceira. Mas eis que ele desperta...

Assim que se levantou, reclamou o capote. Sem dúvida queria verificar seus bolsos. A boa irmã o trouxe. Ele tomou o caderno que continha o seu diário e pensei que fosse entregá-lo a mim. Já me regozijava por descobrir o segredo das suas aventuras, mas com um tom solene ele me disse:

— Guilhermina (ele me chama assim nas ocasiões graves), você conhece minhas ideias sobre a confiança recíproca que os esposos se devem. Tive um grande choque nervoso, a febre cerebral que me abateu não é senão uma espécie de loucura. Ora, o segredo desse choque, você o poderá conhecer neste livro, mas eu não quero saber dele, de modo que... quero que a minha vida comece a partir de hoje, do nosso casamento, ao qual nada mais se opõe. Você consente, Guilhermina, em partilhar minha ignorância? Eis o livro. Tome-o, guarde-o, leia-o se quiser, mas não me fale jamais a respeito disso.

Recaiu esgotado sobre o travesseiro e eu o beijei na fronte; pedi à irmã Agatha para se encarregar, junto à superiora, das formalidades relativas ao nosso casamento.

Ela acaba justamente de me dizer que o capelão da igreja protestante está à nossa disposição... Nosso cônsul foi avisado...

Lucy, está acabado, sou mulher de Jonathan. Sinto-me muito feliz. As irmãs respeitaram nosso desejo de solidão e estou sozinha com meu marido. Meu marido! Que alegria em escrever estas palavras!

Envolvi o diário dele numa folha de papel e atei-o com um barbante azul que cobri com um sinete de cera. Prometi a Jonathan não rompê-lo senão se sua segurança o exigisse.

Minha felicidade será completa quando Jonathan estiver inteiramente bom. Eu lhe desejo, minha querida Lucy, felicidade idêntica à minha.

Sua amiga,
Mina Harker

DIÁRIO DE LUCY WESTENRA
Hillingham, 24 de agosto

Vou seguir o hábito de Mina e manter um diário. É a única maneira de me lembrar de tudo o que terei a lhe contar. Como eu queria que ela estivesse junto de mim!

Na noite passada, tive um terrível pesadelo, como me acontecia em Whitby. Talvez tenha sido a mudança de ar ou a volta à casa. Sinto-me triste e deprimida. Uma vaga angústia me aperta o coração. Ao me ver, Arthur pareceu chocado com o meu mau aspecto. Tentou em vão distrair-me.

25 de agosto

Novamente uma noite má! Tinha proposto à mamãe dormir no seu quarto, mas ela se sente tão fatigada que me dissuadiu disso. Tentei permanecer acordada até o mais tarde que pudesse, mas quando soou meia-noite tive um sobressalto, o que prova bem que eu tinha adormecido. Pareceu-me que batiam na vidraça. Não me levantei. Que teria podido sonhar? Estou terrivelmente pálida esta manhã; minha garganta me faz sofrer. Devo ter o pulmão atingido, pois respiro mal. Tentarei mostrar-me alegre durante o almoço, para não inquietar Arthur.

CARTA DO DR. ARTHUR HOLMWOOD AO DR. SEWARD
Hotel Albermale, 31 de agosto

Meu caro John,

Eu lhe suplico que me conceda um favor. Lucy está doente e não sei o que ela tem. Enfraquece dia a dia, e a esse respeito não ouso falar com sua mãe, que não pode sofrer nenhuma emoção. Em nome da nossa amizade, peço para vir vê-la. Tenho toda a confiança no seu julgamento. Venha almoçar amanhã em Hillingham; assim sua visita não despertará a suspeita da sra. Westenra. Sinto-me muito inquieto, não me abandone.

Seu amigo,
Arthur

TELEGRAMA: DR. ARTHUR HOLMWOOD AO DR. SEWARD
1º de setembro

Sou chamado junto de meu pai, que está pior. Escreva-me esta noite para Ring, e se necessário telegrafe.

CARTA DO DR. SEWARD AO DR. ARTHUR HOLMWOOD
2 de setembro

Meu caro amigo,

No que concerne à saúde da srta. Westenra, apresso-me a lhe dizer que não achei nenhum órgão atingido. Por outro lado, não estou nada satisfeito com o seu aspecto: mudou muito depois da última vez que a vi.

Sua perturbação deve ser mental. Depois de ampla reflexão, eis o que decidi; escrevi a meu velho amigo e mestre, professor Van Helsing, de Amsterdã, especialista em doenças nervosas e perturbações indeterminadas. Supliquei a ele que viesse. Sempre fez tudo que eu pedi e podemos contar com ele. É um filósofo e um metafísico, um dos sábios mais avançados de nossa época, com um coração admirável. Verei de novo a srta. Lucy amanhã, mas será durante o passeio, para não inquietar sua mãe.

Seu amigo devotado,
John Seward

CARTA DO DR. SEWARD AO DR. ARTHUR HOLMWOOD
3 de setembro

Meu caro Arthur,
Van Helsing já chegou e tornou a partir. Ele me acompanhou a Hillingham. Lucy arranjou para que sua mãe almoçasse em casa de uma amiga. Van Helsing pôde, pois, examinar nossa amiga à vontade. Ele deve me revelar seu diagnóstico daqui a alguns dias. Parece preocupado.

— É uma questão de vida ou morte, talvez mais — confiou-me ele, no momento de retomar o trem para Amsterdã.

Nada pude saber além disso. Não lhe queira mal; eu, que o conheço, sei que seu cérebro trabalha para o bem da srta. Lucy. Ele falará quando julgar oportuno. Prometi lhe enviar todo dia um telegrama, e chamá-lo se tiver necessidade.

— Essa encantadora criança me interessa — disse ele no momento em que o trem se movimentava.

Como vai seu pai, meu pobre amigo? Lamento que você seja arrastado entre essas duas saúdes, igualmente caras. Não tema nada, velo por Lucy como por minha própria irmã.

Inteiramente seu,
John Seward

TELEGRAMA:
DR. SEWARD, LONDRES,
AO DR. VAN HELSING, AMSTERDÃ
4 de setembro

Nossa doente está melhor.

TELEGRAMA:
DR. SEWARD, LONDRES,
AO DR. VAN HELSING, AMSTERDÃ
5 de setembro

A melhora se mantém. Bom apetite, bom sono.

TELEGRAMA:
DR. SEWARD, LONDRES,
AO DR. VAN HELSING, AMSTERDÃ
6 de setembro

Terrível mudança! Venha sem demora. Telegrafei a Holmwood.

CAPÍTULO DÉCIMO

CARTA DO DR. SEWARD AO DR. ARTHUR HOLMWOOD

6 de setembro

Meu caro Arthur,

Hoje as notícias são piores. Lucy não está passando bem, mas para alguma coisa serve a desgraça. A sra. Westenra se inquietou e me pediu para cuidar da sua filha. Eu lhe falei logo do meu velho amigo Van Helsing e ela nos confia, aos dois, o cuidado da cura. Estou apressado.

Inteiramente seu,

John Seward

DIÁRIO DO DR. SEWARD
7 de setembro

A primeira questão de Van Helsing foi esta:

— Você preveniu o noivo da moça?

— Não, depois de refletir, eu me contentei em lhe escrever um bilhete meio tranquilizador. Preferi esperá-lo para fazer o diagnóstico.

— Você teve razão, meu jovem amigo. Inútil inquietá-lo, vale mais que ele saiba o mais tarde possível.

Eu lhe descrevi os sintomas, e seu rosto se tornou sombrio.

A sra. Westenra nos recebeu, parecendo menos inquieta do que eu acreditava. A pobre mulher se acha, ela própria, tão doente, que não dá conta do estado da filha. Fizeram-nos entrar no quarto de Lucy. Dessa vez, seu aspecto me terrificou; ela estava de uma palidez de cal; seus lábios e suas gengivas estavam descoloridos e ela respirava penosamente. Van Helsing franziu as sobrancelhas, contemplou-a alguns instantes, apalpou-lhe os pulsos e me fez sinal para acompanhá-lo fora do quarto.

— Não há um segundo a perder — disse ele. — O coração mal funciona, ela já não tem sangue nas veias. É preciso fazer uma transfusão imediatamente. Será você ou eu?

— Sou mais moço e mais vigoroso, mestre, serei eu.

— Prepare-se, então, vou procurar minha maleta.

Acompanhei-o pelo corredor; um golpe, como de martelo, sacudiu a porta. A criada de quarto introduziu Arthur.

— John, morro de inquietação; sua carta me transtornou. Papai vai um pouco melhor, saltei do primeiro trem. Não é este o dr. Van Helsing, a quem já devo tanto reconhecimento?

Meu velho mestre o contemplava com benevolência.

— Chega a tempo, senhor. Sua noiva vai muito mal.

Arthur empalideceu.

— Mas — continuou Van Helsing —, tranquilize-se, o senhor pode salvá-la.

 — Como? — perguntou Arthur, com uma voz sufocada. —

Que é preciso fazer? Minha vida lhe pertence, e por ela darei de boa vontade até a última gota do meu sangue.

Van Helsing teve um pequeno sorriso irônico.

— Não pediremos tanto — disse ele sorrindo. — Siga-nos.

No corredor, explicou:

— Vamos praticar uma transfusão de sangue. John tinha se oferecido, mas o senhor me parece mais qualificado.

Arthur apertou calorosamente minha mão.

— Estou pronto a morrer por ela — disse ele gravemente.

Van Helsing se aproximou da cama da moça, depois de ter pedido a Arthur para não entrar.

Apanhou na sua maleta um pequeno envelope de pó, que lançou dentro de um copo d'água:

— Tome, menina — disse ele alegremente —, beba esta droga, ela lhe fará bem.

A moça estava tão fraca que mal pôde levar o copo aos lábios. Alguns minutos decorreram antes que o narcótico agisse. Quando ela caiu completamente adormecida, Van Helsing chamou Arthur e solicitou que ele retirasse o paletó. Com destreza, praticou a operação. À medida que a transfusão se fazia, as cores voltavam às faces de Lucy e as faces pálidas de Arthur brilhavam de pura alegria.

— Basta — disse de repente Van Helsing, que, relógio na mão, marcava os minutos. — John, cuide do seu amigo enquanto me ocupo da moça.

Quando fez o curativo na ferida, ele apalpou os travesseiros da doente. O estreito veludo negro que Lucy trazia ao pescoço, fechado por um broche de diamante que lhe deu seu noivo, saiu do lugar, revelando um pequeno ferimento vermelho na garganta. Van Helsing teve um estremecimento de espanto.

— Leve seu amigo — exclamou ele —, restaure suas forças com um cálice de vinho! Em seguida, que volte para casa e goze um bom sono. O senhor salvou sua noiva, senhor, direi isso a ela quando despertar.

Assim que Arthur partiu, voltei para perto de Van Helsing. Lucy dormia tranquilamente. Perguntei em voz baixa:

— Como explica essa marca na garganta?

— E você, como a explica?

— Não a vi muito bem.

E, aproximando-me do leito, levantei delicadamente o veludo. Dois pequenos orifícios, de muito mau aspecto, surgiam acima da veia jugular. Talvez fosse aquela a origem da sua fraqueza. Não, impossível, o sangue, escapando, teria manchado o travesseiro.

— Então? — perguntou Van Helsing.

— Nada compreendo.

— Quanto a mim — disse o professor —, volto esta noite para Amsterdã, tenho necessidade de procurar livros e instrumentos indispensáveis. Você permanecerá aqui toda a noite e não a abandonará em hipótese alguma.

— Será preciso procurar uma enfermeira?

— Inútil, você e eu bastaremos. Cuide para que ela seja bem alimentada e que ninguém venha perturbá-la. Estarei de volta dentro em pouco, e começaremos então o tratamento.

— Que tratamento? — interroguei admirado.

— Você verá.

E acrescentou, já do limiar da porta.

— Eu a confio a você, cuide bem dela.

11 de setembro

Passei a última noite em minha casa. Van Helsing, de volta, insistiu na vigília. Voltei esta tarde a Hillingham. O mestre parecia tranquilizado; Lucy continua passando bem. Durante o tempo em que estive lá, trouxeram um embrulho vindo do estrangeiro e endereçado ao professor. De dentro, surgiu um galho de flores brancas.

— É para você, Lucy — disse ele.

— Oh, doutor! O senhor está me estragando...

— Não é um presente — disse ele —, é um remédio. (Lucy fez uma careta.) Mas não arrebite o narizinho, prometo não fazer tisanas. Será preciso simplesmente atar uma guirlanda em torno do seu pescoço. Semelhantes às flores de lótus, elas espantam os sonhos maus!

— Oh, doutor! O senhor está brincando! — respondeu ela, rindo depois de ter aspirado as flores. — Não são senão vulgares flores de alho!

— Não brinco jamais — disse Van Helsing de um modo brusco que me surpreendeu —, e se afirmo que estas flores terão sobre a sua saúde um feliz efeito, será preciso me acreditar. Vou trançar eu próprio a guirlanda e, além disso, encherei seu quarto com estas flores. Já é uma felicidade que tenham podido me enviar estas em semelhante estação. Fui obrigado a telegrafar a meu amigo Vanderpool de Haarlem, que durante todo o ano as cultiva nas suas serras.

Esse singular tratamento me surpreendeu.

Van Helsing fechou cuidadosamente a janela e esfregou as junturas com as flores, a fim de que o ar que entrasse no quarto ficasse carregado com seu perfume; mesmo manejo em torno da porta e da chaminé.

— Dir-se-ia, mestre, que o senhor quer exorcizar um mau espírito — disse rindo.

— Talvez você esteja certo — respondeu ele trançando a guirlanda.

Durante esse tempo, Lucy, no cômodo vizinho, vestia sua camisola de noite. Quando se deitou, o mestre atou ele próprio a guirlanda ao seu pescoço.

— Tenha cuidado para não desprendê-la — disse ele. — E, sobretudo, não abra a porta nem a janela.

— Eu lhe prometo — disse Lucy —, e lhe agradeço pelas suas bondades.

Minha carruagem me esperava à porta. Van Helsing aceitou ir comigo.

— Podemos dormir tranquilos esta noite — disse ele. — Uma noite bem dormida nos porá de novo em boas condições. Venha me buscar amanhã, juntos iremos ver a srta. Lucy.

Sua confiança não me tranquilizou inteiramente.

CAPÍTULO DÉCIMO PRIMEIRO

DIÁRIO DO DR. SEWARD
13 de setembro

Às oito horas da manhã, mais ou menos, visita à srta. Lucy. Tempo radioso. O outono está realmente esplêndido este ano. A sra. Westenra nos acolheu:

— Lucy dorme ainda — disse-nos ela —, não quis despertá-la.

— Ah! Ah! — fez o mestre, encantado. — Meu diagnóstico era justo, já que o tratamento começa a operar.

— Creio que o senhor está se vangloriando inutilmente, doutor, e que minha filha deverá a mim sua cura.

— De que modo, madame?

— Senti-me um pouco inquieta esta noite, e me levantei para ir vê-la. Ela dormia profundamente, mas havia no quarto um odor sufocante. Não era para se admirar, com tantas flores juntas! Pensei que aquele perfume incomodaria a pequena, e não só retirei os buquês, como abri as janelas. Espero que o senhor a encontre em bom estado.

Observei a face de meu amigo. Tinha empalidecido de modo atroz. Dominou-se, no entanto, e disse:

— Bem, madame, vamos vê-la.

E me pegando pelo braço, arrastou-me ao quarto de Lucy.

De novo levantei o *store*, enquanto ele se aproximava da cama.

— Já esperava isso — murmurou.

Dessa vez, a pobre criança me pareceu em estado desesperador. Van Helsing fechou a porta à chave e preparou os instrumentos necessários à operação. Eu lhe estendi o braço.

Uma hora mais tarde, suplicava à sra. Westenra para não retirar as flores do quarto de sua filha. Elas fazem, disse ele, parte do tratamento, e são necessárias à sua cura.

Que significa isso? Começo a me perguntar se pelo fato de viver todo dia com loucos, não estou ficando também um pouco alucinado.

DIÁRIO DE LUCY WESTENRA
17 de setembro, à noite

Morro de fraqueza, mas faço um esforço para escrever estas últimas linhas. Deitei-me como de costume, depois de ter me assegurado de que as flores estavam colocadas tal como o doutor deseja. Adormeci imediatamente.

Fui despertada no meio da noite por um rumor contra a vidraça; esse rumor se repete todas as noites, desde que Mina me encontrou no cemitério. Não tive medo, mas gostaria de saber que o dr. Seward está no cômodo vizinho. Fiz um esforço para tornar a adormecer. Depois, o medo se apoderou de mim. Abri a porta e chamei uma das criadas. Ninguém me respondeu. Então fechei a porta de novo, a fim de não despertar mamãe. Ouvi um latido agudo e prolongado. Aproximei-me da janela e vi através do vidro um grande morcego. Sem dúvida é ele que se debate contra a vidraça. Tornei a me deitar, sempre resolvida a não dormir. De repente, a porta se abriu e minha mãe entrou.

— Como está passando, querida? — disse-me ela.

— Um pouco de insônia. Mas a senhora vai se resfriar, venha ficar comigo na cama.

Ela veio se estender junto de mim e quase imediatamente os golpes na janela recomeçaram. Ela estremeceu:

— Que é? — perguntou.

Eu a tranquilizei e dentro em pouco ela adormeceu, mas seu pobre coração batia violentamente. O latido distante reapareceu e ao mesmo tempo um barulho de vidros partidos. A vidraça voou em pedaços e percebemos pela abertura a cabeça de um grande lobo amarelo. Mamãe se levantou com um grito de terror e se uniu tão violentamente a mim, que me arrebatou a guirlanda de flores. Seus olhos se dilataram num terror inexprimível e, com um gemido, caiu para trás. O lobo tinha desaparecido. Impossível mover braços e pernas, eu estava como paralisada; perto de mim, o corpo da pobre mamãe esfriava, seu coração tinha cessado de bater. Perdi a consciência.

Quando voltei a mim, um sino tocava, cães latiam e um rouxinol cantava. Estava aniquilada pela tristeza e pela fraqueza. As criadas acorreram aos meus chamados. Puseram-se a se lamentar, vendo minha mãe inanimada.

Levantei-me e ajudei-as a estender o corpo sobre o leito. Recobrimo-lo com uma colcha. Sobre ele espalhei flores.

E agora estou sozinha e choro. Não espero sobreviver a esta noite atroz.

CARTA DA SRA. MINA HARKER À SRTA. LUCY WESTENRA
17 de setembro

Minha querida Lucy,

Há muito tempo que você não me escreve, mas eu lhe perdoo; você escusará também o meu silêncio quando souber o que me aconteceu.

Fizemos uma boa viagem. Em Exeter, o bom sr. Hawkins nos esperava na estação, apesar de um ataque de gota. Ele tinha preparado para nós, na sua própria casa, dois quartos confortáveis. Um jantar excelente nos aguardava. Durante a sobremesa, ele nos disse:

— Meus queridos filhos, bebo à sua saúde. Eu os vi crescer e os amo como se fossem meus filhos. Já que o céu não me concedeu herdeiros, é a vocês que tocará minha fortuna, se quiserem adoçar com sua cara presença os últimos dias do seu velho amigo.

Chorei de emoção e meu marido nada pôde fazer senão apertar silenciosamente a mão de nosso benfeitor.

Estamos, pois, instalados nesta bela e antiga residência. Do meu quarto, percebo as torres da catedral. A vista é magnífica. Meu papel de dona de casa me absorve muito. O sr. Hawkins associou meu marido a seus trabalhos, e descarrega nele a maior parte dos negócios.

Como vai a sua querida mãe? Queria passar um ou dois dias junto a você, mas não o ouso neste momento, pelo menos enquanto Jonathan tiver necessidade de meus cuidados. Ele começa a readquirir suas forças, mas ainda está bastante nervoso.

Já falamos muito a nosso respeito. Quando você se casa, minha querida, e onde?

Jonathan envia-lhe suas melhores lembranças e eu a abraço de todo o coração.

CARTA DO DR. PATRICK HENNESSEY AO DR. JOHN SEWARD
20 de setembro

Senhor, assim como foi combinado, envio-lhe as observações concernentes aos doentes cuja guarda me foi confiada.

O nomeado Renfield teve uma nova crise, que poderia ter desastrosos resultados.

Esta tarde uma caixa conduzida por dois homens passou diante da casa. Dirigia-se para o domínio vizinho. Os homens se detiveram diante da nossa porta, a fim de perguntar sobre o caminho, pois não conheciam o país. Estava eu justamente debruçado à janela, prestes a fumar um cigarro; Renfield os viu igualmente da sua cela, pois crivou-os de grosseiras injúrias. Fiz sinal aos homens para não prestarem atenção.

— Ah, bem — exclamou um deles —, não gostaria de viver numa casa de doidos!

O outro me perguntou polidamente qual era o caminho e eu o ensinei, enquanto o louco não cessava de injuriá-los.

Fui ver Renfield para pacificá-lo, mas ele me acolheu com uma calma imperturbável, e quando eu lhe falei do incidente fingiu não compreender. Meia hora mais tarde, saltava pela janela e fugia pela avenida. Lancei-me com dois guardas e conseguimos alcançá-lo diante da porta do domínio vizinho. Os carregadores acabavam de descarregar as pesadas caixas e enxugavam a fronte. Renfield se lançou sobre um dos homens e cobriu-o de socos; mas nós três conseguimos dominá-lo.

— Atrapalharei seus projetos — urrava o louco —, não me roubarão dessa maneira! Não quero morrer a fogo lento! Combaterei pelo meu Senhor e Mestre!

Os carregadores, descontentes, nos ameaçaram, mas dois copos de aguardente e uma moeda a cada um apaziguaram sua indignação. Guardei seus nomes, que podem nos servir. Chamam-se Jack Smollet, um, e o outro, Thomas Snelling. Trabalham por conta de Harris & Filhos, Companhia Marítima de Soho, Londres.

Eu o manterei à corrente caso se produzam outros incidentes.

Inteiramente seu,

Patrick Hennessey

CARTA DA SRA. MINA HARKER À SRTA. LUCY WESTENRA
18 de setembro

Minha querida Lucy,

Tenho uma triste novidade a lhe anunciar: O sr. Hawkins morreu de repente. Muitas pessoas acham que não lastimamos muito, mas nem por isso nos sentimos menos aflitos, amávamos esse homem como um pai. Jonathan está muito abatido; além do mais, sua responsabilidade o esmaga; duvida até de si próprio. Temo que ainda se ressinta durante muito tempo de seu abalo nervoso.

Vou a Londres na próxima semana, para o enterro. Jonathan porá luto; tentarei depois fugir alguns instantes, a fim de ir abraçá-la.

Sua amiga,

Mina

DIÁRIO DO DR. SEWARD
20 de setembro

Desta vez, ainda, se restabelecerá, mas ela escapou de boa. Van Helsing, Arthur e eu velaremos cada um por sua vez. Esta noite serei eu quem velará. Antes de me deitar, olhei pela janela; o jardim se achava banhado pela lua: um grande morcego se aproxima às vezes da casa, atraído sem dúvida pela claridade. Lucy, quando dorme, afasta as flores do pescoço, mas, se desperta, aperta-as ao contrário, contra si própria.

Às seis horas da manhã, Van Helsing veio ocupar o meu lugar.

— Depressa, levante o *store* — ordenou-me ele.

Descobriu o pescoço da moça:

— Ah! Meu Deus! — gritou ele.

Os dois pontos vermelhos tinham desaparecido.

— Ela vai morrer — disse o mestre com gravidade. — Chame seu noivo.

Fui encontrar Arthur, que dormia na sala de jantar, e o preparei com cuidado.

O pobre rapaz me dava pena.

Vendo-o entrar no quarto, Lucy murmurou:

— Arthur, meu amor, sinto-me feliz em vê-lo.

Ele se inclinou para abraçá-la, mas Van Helsing o empurrou:

— Ainda não, tome somente a mão.

Arthur se ajoelhou diante do leito. Lucy fechou os olhos e adormeceu. Sua respiração inicialmente tranquila tornou-se ofegante. Seus lábios se entreabriram, descobrindo as pálidas gengivas. Os caninos me pareceram mais longos. Ela abriu as pálpebras e seu olhar era fixo e duro. Com uma voz rouca, que não lhe era própria, murmurou:

— Arthur, beije-me.

Arthur se inclinou, mas Van Helsing se lançou bruscamente sobre ele, afastando-o do leito, empurrou-o para a porta com uma energia da qual eu não o teria acreditado capaz.

— Por Deus, não a toque! Afaste-se! — gritou ele.

Arthur permaneceu petrificado. Eu não deixava a moça com os olhos, e vi que uma expressão de raiva contraiu-lhe a face. Depois ela fechou os olhos; quando os reabriu, estendeu a mão a Van Helsing:

— Meu amigo, meu único amigo — disse ela —, olhe bem por ele.

— Eu prometo — respondeu o professor. — Venha, meu filho — disse ele a Arthur —, agora pode beijá-la na fronte.

Alguns segundos depois, Lucy arquejava. Depois, foi um grande silêncio.

— Tudo acabou — disse Van Helsing. — Ela já não existe.

Tomei Arthur pelo braço e o arrastei até o cômodo vizinho, onde ele cobriu as faces com a mão e soluçou. Afastei-me discretamente.

Van Helsing se tinha inclinado sobre o corpo da moça:

— Pobre criança — eu disse. — Enfim ela achou o repouso.

Ele replicou num tom solene:

— Infelizmente, não. É apenas o começo.

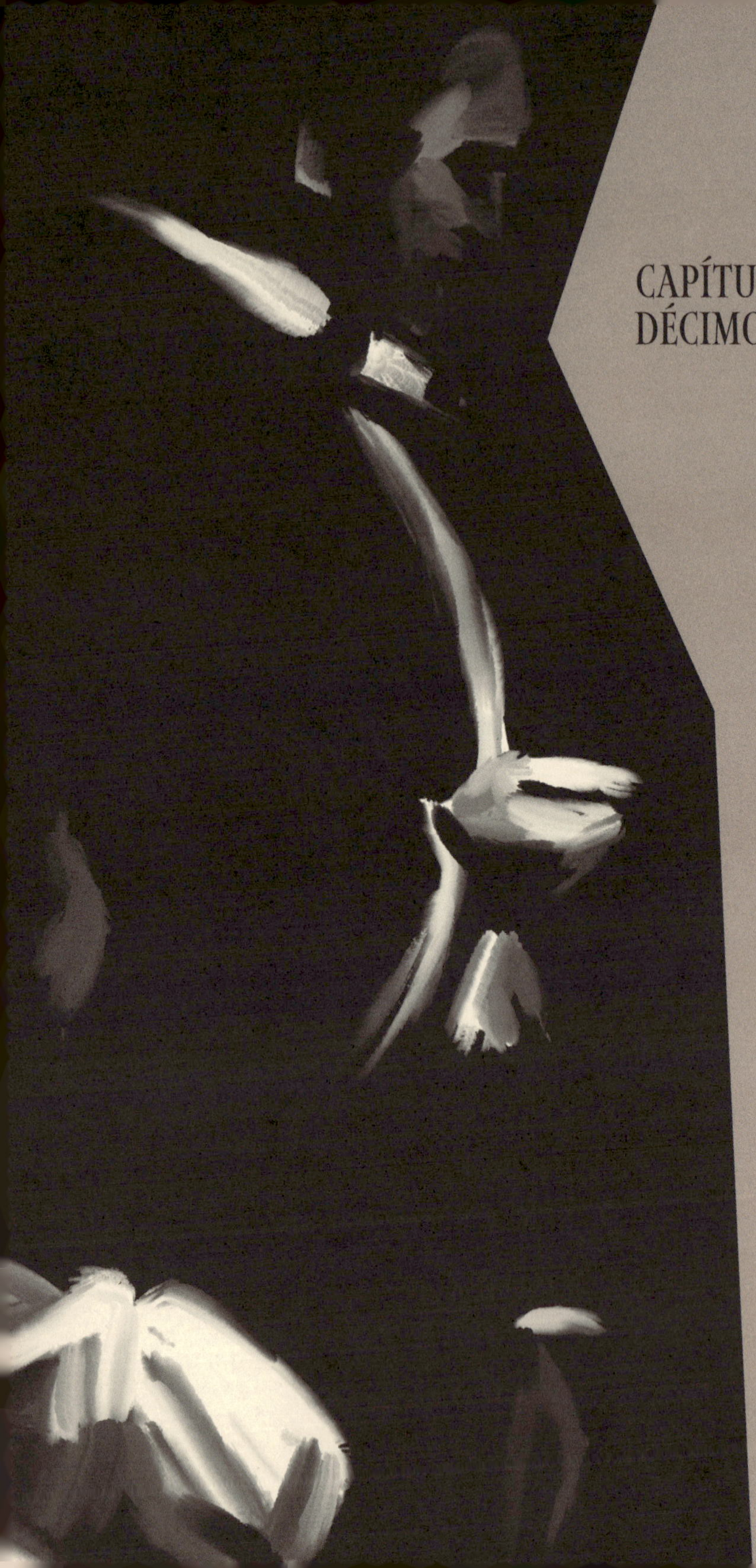

CAPÍTULO DÉCIMO SEGUNDO

DIÁRIO DO DR. SEWARD
(continuação)

O enterro será amanhã; mãe e filha serão inumadas juntas. Ocupei-me das formalidades mortuárias. Não há parentes para avisar. Tomamos, pois, conhecimento dos papéis de família. Assim é que descobrimos um minúsculo caderno, que é o diário da pobre pequena.

— Hum, hum — disse Van Helsing. — Parece-me inútil deixar isto aos homens de negócio. Quanto aos papéis da sra. Westenra, Arthur cuidará deles amanhã, já que o enterro de seu pai teve lugar hoje. É tempo de repousarmos.

Antes de nos separarmos, entramos no quarto mortuário, transformado em capela-ardente. Puseram flores em profusão: o mestre levantou docemente o lençol que cobria a face, e ficamos arrebatados pela beleza de Lucy. Ela parecia dormir. Mal pude acreditar que não voltasse a despertar nunca mais.

— Espere — disse o mestre.

Foi procurar uma caixa de flores de alho e espalhou-as sobre o corpo e em torno do leito. Depois destacou do seu pescoço um pequeno crucifixo de ouro, e colocou-o sobre os lábios da morta; em seguida abaixou o lençol e saímos.

— Amanhã é preciso que você traga minha maleta de operação.

— Por quê? Espera fazer uma autópsia?

— Sim e não. Cortarei a cabeça do tronco e retirarei o coração. Como, você empalidece? Você, um cirurgião? Você, que eu vi realizar sem tremer operações tão graves... sim, é verdade, você a amou. Eu teria preferido fazer a operação esta noite, mas é preciso poupar Arthur... ele quererá revê-la. Esperaremos que ela esteja no caixão e ninguém saberá nada, além de nós.

— Mas por quê, por que mutilar esse pobre corpo? Que benefício pensa retirar daí? É monstruoso!

Ele pôs a mão sobre minha espádua.

— Amigo, tenho pena da sua infelicidade, mas acredite-me, não agi sem razão. Ontem, você não compreendeu por que eu tinha impedido Arthur de beijar sua noiva moribunda, e no entanto você viu, ela me agradeceu e me pediu para velar por ele. Tenha confiança em mim. Não agi assim senão para o seu próprio bem.

Ele se retirou para o seu quarto e eu ia ganhar o meu, quando vi uma das criadas entrar no quarto de Lucy. Essa piedade me comoveu.

Dormi profundamente, pois já era dia alto quando Van Helsing veio me despertar.

— Não se ocupe da minha maleta, caro amigo, não tenho mais necessidade.

— Por quê? — perguntei muito surpreendido.

— Porque — respondeu ele com voz grave — é muito tarde, ou muito cedo.

Tirou do bolso o pequeno crucifixo de ouro.

— Roubaram da morta este crucifixo. Retomei-o da miserável que o tinha roubado. Sua única desculpa é que ela ignorava o alcance do seu ato.

O notário da família chegou no decorrer da noite. É um bravo homem, não muito esperto. Ele nos comunicou que a sra. Westenra, sentindo seu fim próximo, tinha posto seus negócios em ordem. Com exceção de um pequeno capital destinado a parentes longínquos, deixa toda a sua fortuna à sua filha e, na ausência desta, a Arthur Holmwood.

Arthur chegou às cinco horas, bastante abatido; esses lutos sucessivos são para ele uma rude prova.

Eu o acompanhei ao quarto de Lucy, transformado em câmara-ardente. Levantou o lençol docemente.

— Como ela é bela — murmurou ele. — Será possível que esteja morta?

— Infelizmente!

Retirei esse desgraçado do local, pois iam colocar o corpo no caixão.

Partilhei esta noite o quarto de Arthur; quanto a Van Helsing, não quis se deitar, errando pela casa como se velasse; entrou várias vezes no cômodo em que Lucy repousa no seu caixão, coberto de tuberosas e de flores de alho, cujo perfume se mistura ao dos lírios e das rosas.

DIÁRIO DE MINA HARKER
22 de setembro

No trem que nos traz de volta a Exeter, Jonathan dorme.

A cerimônia religiosa desse pobre sr. Hawkins foi muito simples, só os criados seguiram o féretro, velhos amigos de Exeter, seu correspondente em Londres e Sir John Paston, presidente da Sociedade de Direito.

Em seguida, tomamos um ônibus que nos trouxe de volta a Hyde Park, onde nos assentamos durante alguns instantes. Voltamos em seguida a Picadilly, Jonathan dando-me o braço.

Diante do Giuliano's, eu olhava uma bela mulher sentada numa caleça imóvel, quando Jonathan me apertou violentamente o braço, dizendo:

— Ah! Meu Deus!

Ele tinha se tornado terrivelmente pálido; segui a direção do seu olhar e vi que ele encarava um grande homem magro, de nariz pontudo e bigode negro que olhava também a bela rapariga. O desconhecido tinha uma expressão cruel, que era acentuada por dentes de lobo. Jonathan o fixava com tanta insistência, que temi que o outro o percebesse.

— Você está vendo aquele homem? — disse-me ele com angústia.

— Quem é? Não o conheço.

Jonathan respondeu com voz misteriosa:

— É Ele.

O pobre amigo estava evidentemente sob o golpe de uma emoção violenta; se eu não estivesse lá para sustê-lo, creio que teria caído.

O homem fez sinal a um carro, parlamentou com o cocheiro e se afastou na mesma direção que a dama da caleça.

— Sim, é o conde — retornou Jonathan em voz baixa —, mas como remoçou!

Não ousei interrogá-lo, a fim de não aumentar sua perturbação.

Demos alguns passos, depois entramos no Green Park. Era um belo dia de outono. Sentamos num banco, Jonathan apoiou sua cabeça sobre a minha espádua e adormeceu. Despertou no fim de vinte minutos:

— Como dormi! — exclamou ele alegremente. — Perdoe-me esta impolidez. Vamos tomar o chá depressa.

Certamente esqueceu aquele último incidente. Não gosto muito desses lapsos de memória. Por outro lado, prefiro não reavivar penosas lembranças, mas talvez faça bem em tomar conhecimento do conteúdo do seu diário.

Triste volta. A casa está bem vazia. Jonathan está ainda muito pálido. Trazem-me um telegrama assinado Van Helsing, e assim concebido:

Saberá, sem dúvida com mágoa, que a sra. Westenra morreu há cinco dias e que sua filha Lucy sucumbiu anteontem. O duplo enterro foi realizado nesta manhã.

Que terrível tristeza! Lamento sinceramente pelo pobre Arthur...

DIÁRIO DO DR. SEWARD

22 de setembro

Tudo está acabado. Arthur regressou a Ring. Trouxe com ele Quincey Morris. O pobre rapaz parece sentir tanto quanto nós. Van Helsing repousa. Volta esta tarde a Amsterdã, mas estará de volta à noite. Ele disse ter negócios a tratar em Londres.

No carro que nos traz de volta, do cemitério de Hampstead, Van Helsing e eu, meu velho amigo teve uma crise de nervos e pôs-se a rir, a rir até às lágrimas.

Baixei os *stores* para não atrair os comentários das pessoas maledicentes.

— Que tem você? — perguntei quando ele se acalmou um pouco.

Tornou-se grave e me disse:

— Há uma tal ironia em tudo isso!... Que triste comédia! Esses pastores em hábitos brancos, que resmungam orações pensando em outra coisa!

— Meu Deus, não vejo nada de engraçado nisso! A cerimônia pode lhe parecer cômica, rigorosamente eu o admito, mas a dor do pobre Arthur é realmente emocionante...

— Desculpe o meu nervoso, caro amigo — ajuntou ele. — Se você pudesse ver o fundo do meu coração, mesmo quando rio, veria que ainda estou mais para lamentar...

— Por quê? — perguntei, revolvido pela sua súbita gravidade.

— Porque *eu sei.*

THE WESTMINSTER GAZETTE
25 de setembro

O mistério de Hampstead

Cenas de horror se desenrolam nos arredores de Hampstead. Durante os últimos três dias, várias crianças desapareceram no decorrer da noite. Essas crianças, de muito pouca idade ainda, ao serem encontradas, não souberam explicar como tinham empregado o tempo, mas todas contaram que tinham sido levadas por uma Dama Branca. Duas das crianças não foram reencontradas senão pela manhã. Supõe-se que a primeira criança transviada tenha inventado esta história para não ser castigada, e as outras a imitaram. No momento atual, todos os moleques de Hampstead brincam segundo a apaixonante moda da Dama Branca.

Há no entanto um fato singular: algumas das crianças — estas cuja ausência foi notada — trazem no pescoço um ligeiro ferimento, semelhante à mordida de um rato ou de um pequeno cão. O melhor será velar pelas crianças e impedi-las de se aproximarem dos cães errantes.

THE WESTMINSTER GAZETTE, EDIÇÃO ESPECIAL
25 de setembro

O Drama de Hampstead. A Dama Branca

Esta manhã, na colina de Sheeter Hill, reencontraram uma criança que os pais procuravam desde a véspera. Trazia na garganta um pequeno ferimento e se achava num estado de esgotamento inquietante. Fizeram-na beber um estimulante e ela também pretende ter sido arrastada pela Dama Branca.

DIÁRIO DE MINA HARKER
23 de setembro

Jonathan vai um pouco melhor, mas a noite foi má. Estou contente que ele tenha tido bastante trabalho; durante esse tempo, não poderá pensar em outra coisa. Vai me deixar, durante todo o dia, para tratar de negócios. A casa está em ordem, vou pois poder ler o seu antigo diário.

24 de setembro

Não tive coragem para continuar ontem meu diário. A leitura do de Jonathan me aniquilou completamente. Pobre amigo! Como deve ter sofrido! Pergunto a mim mesma qual a parte de imaginação que entra em tudo isso? Teria ele vivido essas horas terríveis?... No entanto, nosso encontro de ontem...! É perturbador. Vou recopiar este manuscrito à máquina, para o caso em que se fizer necessário o seu uso.

CARTA DO DR. VAN HELSING À SRA. MADAME HARKER PESSOAL
27 de setembro

> *Cara senhora,*
>
> *Desculpe minha indiscrição. Sei, por ter consultado os papéis da srta. Lucy, que a senhora era a sua melhor amiga, e isso me autoriza a vir solicitar o seu auxílio. Trata-se de esclarecer fatos ainda obscuros e castigar grandes criminosos. Quando poderei vê-la? Pode ter confiança em mim. Sou amigo do dr. Seward e de lorde Arthur Godalming, noivo da srta. Lucy. Nossas relações devem permanecer secretas. Irei*

vê-la assim que me der licença. Sei, por suas cartas endereçadas à pobre Lucy, como a senhora é boa e como seu marido tem sofrido.

Creia-me, senhora, seu todo devotado,

Van Helsing

TELEGRAMA: SRA. MINA HARKER AO DR. VAN HELSING

28 de setembro

Tome, se possível, trem das 10h15. Espero-o.

Guilhermina Harker.

DIÁRIO DE MINA HARKER

25 de setembro

Espero com impaciência a chegada do dr. Van Helsing. Talvez ele vá lançar alguma luz sobre o triste passado de meu marido. Falará também dos últimos momentos da minha pobre Lucy. Apesar de tudo, estou um pouco nervosa. É a primeira vez, depois do nosso casamento, que Jonathan me deixa durante vinte e quatro horas. Contanto que nada lhe aconteça! São duas horas da tarde: o doutor não pode tardar. Recopiei o meu próprio diário e o farei ler ao doutor, se ele deseja ser informado do princípio da doença de Lucy.

Um pouco mais tarde

Ele veio e já tornou a partir. Que estranha conversação! Minha cabeça gira. Tenho a impressão de sonhar. Tudo isso é possível? Se eu já não tivesse tido conhecimento do diário de meu marido, teria tratado esse doutor como louco. Será um conforto para Jonathan saber que seus olhos e seus ouvidos não o enganaram e que ele viveu bem essas horas terríveis... Ele teme muitas vezes estar louco. Eis aqui alguma coisa que poderá tranquilizá-lo.

Confiei seu diário ao dr. Van Helsing. Só ele poderá esclarecer os fatos. Amanhã ele deve voltar e ver Jonathan.

CAPÍTULO DÉCIMO TERCEIRO

DIÁRIO DO DR. SEWARD

26 de setembro

Recebo uma carta de Arthur, que parece retomar o gosto pela vida. Quincey Morris reconforta-o do melhor modo possível. Esta manhã, Van Helsing entrou como um pé de vento no meu escritório.

— Que diz você a isto? — gritou ele lançando sobre a mesa o número da *Westminster Gazette*.

Li o parágrafo que relata a desaparição das crianças de Hampstead. A descrição do ferimento no pescoço me fez estremecer.

— Lucy tinha a mesma marca! — gritei eu.

— O que você conclui?

— Que a causa foi a mesma!

— E de que você acredita que ela tenha morrido?

— Tinha um enfraquecimento geral, causado por uma formidável anemia.

— Mas como pôde a anemia chegar a esse ponto? Eis o que você não indagou a si próprio...

E como eu permanecesse mudo, ele retornou:

— Certas coisas existem, se bem que escapem à nossa compreensão. Assim, você não acredita, imagino, na reencarnação; na materialização dos corpos, nem no corpo astral, nem na transmissão do pensamento, nem no hipnotismo...

— Perdão, perdão, creio nesse último fenômeno, provado por Charcot.

— Mas se você crê no hipnotismo, por que não acredita na transmissão do pensamento? Estamos cercados de mistérios. Pense na eletricidade. Na Idade Média, teria valido a fogueira ao que a tivesse descoberto. Ninguém resolveu o mistério da vida e da morte. Há aranhas que só vivem um dia, e outras, séculos. Há no campo grandes morcegos que sugam o sangue dos animais durante a noite. Em algumas ilhas dos mares orientais, veem-se nas árvores, semelhantes às cascas, grossas nozes que nada são senão morcegos que se animam durante a noite. Desgraçado do viajante que se aventura naquelas paragens. Pela manhã, é encontrado morto e sem sangue... como a srta. Lucy.

— Meu Deus, você não vai me contar, em plena cidade de Londres, e no século XIX, que a pobre criança foi vítima de um desses vampiros?

Ele retomou num tom animado:

— Pode me dizer por que certas tartarugas vivem mais tempo do que gerações de homens? Um faquir indiano ordenou que se semeasse trigo sobre o seu túmulo. O trigo germinou e foi colhido; germinou de novo e de novo foi colhido, e então, assim como tinha pedido, abriram a sepultura e viram-no ressuscitar. Ele se levantou e recomeçou a viver.

— Aonde quer chegar? — perguntei esmagado.

— Você acredita, não é mesmo, que o pequeno ferimento das crianças de Hampstead tenha a mesma causa do da srta. Lucy?

— Presumo.

— É um erro. É muito mais grave.

— Explique-se, então.

— Essas crianças — disse ele com ar de inexprimível terror — foram mordidas pela srta. Lucy.

Durante alguns segundos a cólera me paralisou. Alguém, de cara memória, fora insultado na minha frente. Bati com o punho sobre a mesa.

— Você está louco, Van Helsing!

Ele me considerou com piedade.

— Quisera eu — disse ele. — A loucura seria preferível à certeza que me esmaga. Ah! Meu amigo! Não duvide da minha amizade! Sei que sou cruel ao falar assim... Sua piedade e sua razão não podem compreender semelhante monstruosidade... E no entanto, posso provar que o que eu disse é a triste verdade. Acompanha-me?

Ele me viu estremecer e ajuntou:

— Seria uma felicidade estar equivocado. Primeiro iremos ao hospital ver a criança ferida. Você me acompanhará?

Ele tirou uma chave do bolso:

— Passaremos à noite no cemitério em que repousa Lucy. Eis aqui a chave da sepultura.

Meu coração se deteve, mas respondi com voz firme:

— Está bem — disse —, eu o acompanharei.

Achamos a criança acordada; o dr. Vincent suspendeu a atadura para nos mostrar a garganta. Era exatamente o mesmo ferimento que eu tinha observado no pescoço de Lucy.

— A que o atribui você? — perguntou Van Helsing.

— A uma mordidela de rato, talvez, a menos que seja um morcego, desses que se encontram nas colinas ao norte de Londres.

Van Helsing sacudiu a cabeça.

— Cuidai bem dele até que esteja completamente curado — disse ele ao doutor.

A noite tombava, quando saímos do hospital.

— É inútil nos apressarmos — disse Van Helsing —, temos muito tempo.

Jantamos num pequeno albergue das proximidades e nos pusemos a caminho por volta das dez horas.

Os lampiões espaçados iluminavam mal os raros transeuntes na estrada. Enfim alcançamos o muro do cemitério. Escalamo-lo não sem medo, porque estava escuro, e distinguimos o sepulcro dos Westenra. O doutor introduziu a chave na fechadura e me pediu polidamente para entrar em primeiro lugar. De bom gosto teria passado a outro essa cortesia. Depois de ter cuidadosamente fechado a grade, tirou do bolso uma lâmpada que acendeu. Este túmulo que, ornado, já me havia parecido lúgubre em pleno dia, desprende esta noite, com suas flores fanadas, suas teias de aranha e suas grades enferrujadas, uma esmagadora tristeza.

Meu companheiro toma o alicate que tinha trazido no bolso.

— Que vai você fazer?

— Abrir o caixão, já que é o único meio de nos convencer.

Retira os pregos um a um, levanta a tampa e faz aparecer o caixão de chumbo.

Quero impedir ainda essa profanação.

— Deixe-me fazer — repete ele.

Com a ajuda de uma pequena lima, fez um orifício no caixão. Recuei um pouco, temendo um afluxo de gás.

O mestre pratica uma abertura de alguns centímetros, aproxima a vela e me faz sinal para olhar: o caixão está vazio.

— Você agora está convencido? — diz ele.

— O corpo de Lucy desapareceu; que prova isso? Podem tê-lo raptado. Há pessoas que desenterram cadáveres.

— Incrédulo — disse Van Helsing suspirando —, será preciso então que toque a verdade com o dedo!

Deixou cair a tampa, tomou seus instrumentos e soprou a vela.

— Guarde a chave — disse-me ele.

— Não, obrigado, que faria com ela?

Ele não insiste e me diz para ficar de guarda numa das portas do cemitério, enquanto que velaria a outra. Eu me coloco junto a um chorão e ele se afasta. A demora é longa; ouço bater meia-noite, depois uma hora, depois duas horas. Tremo de frio e envio meu companheiro a todos os diabos. De repente, julgo ver uma sombra branca escorregar entre dois ciprestes, rumo à tumba de Lucy. Uma silhueta de homem acompanha essa sombra. Van Helsing sem dúvida. Eu me precipito para ele. Nesse momento um galo canta.

Van Helsing traz nos braços uma criança.

— Você ainda duvida?

— Sim — digo de modo agressivo.

— Saiamos do cemitério — responde ele bruscamente.

Eu o acompanho na estrada, ele risca um fósforo e nos inclinamos sobre a criança. Seu pescoço não trazia o menor ferimento.

— Está vendo! — triunfei.

— Chegamos a tempo — disse Van Helsing simplesmente.

— Que vamos fazer com essa criança? Impossível levá-la a um comissariado, pois seria preciso explicar nossa presença no cemitério.

Depois de refletir, decidimos deixá-la na praça de Hampstead, onde fatalmente acabariam por descobri-la. Nossas previsões se realizaram. Ouvimos chegar um policial e então depositamos a criança na borda do passeio; vimos o homem abaixar sua lanterna e deixar escapar uma exclamação de surpresa. Então nos afastamos vivamente, e um carro nos trouxe de volta.

27 de setembro

Van Helsing veio me apanhar às duas horas da tarde para me levar ao cemitério. Quero acabar de lhe convencer. Fomos obrigados a nos esconder por detrás de uma tumba, pois havia um enterro. Finalmente, estamos sozinhos. Pela primeira vez, penso no delito legal que cometemos ao violar esta sepultura. E não é bastante inútil, já que "ela" não está mais no caixão?

Eis-nos de volta à sepultura. É menos lúgubre do que à noite; o sol toma parte no espetáculo. Van Helsing levantou a tampa do caixão. Eu me aproximo. Horror! Ela está lá! Ela está bem lá! Ela está lá, tal como a vi na noite de sua morte, mais bela ainda, se é possível. Nenhuma alteração em seu rosto; a pele clara, as faces rosadas e os lábios vermelhos atestam a vida.

— Você está vendo — disse Van Helsing.

Ele insinua a mão no caixão e descobre os dentes da mulher.

— Estão mais agudos do que antes — disse ele —, e eis os dois caninos que ferem, no pescoço, as crianças.

Repudiei essa ideia monstruosa.

— E como explica você que o corpo não se tenha decomposto? — perguntou.

Dessa vez não pude responder.

— O caso de Lucy — explicou-me ele — é particular. Ela estava em estado de sonambulismo quando foi mordida por um vampiro. Estava nesse mesmo estado quando morreu. Por isso é que durante o seu sono diurno tem esta expressão de doçura angelical que a torna tão atraente. Enquanto que os outros vampiros... Terei coragem para matá-la?...

O sangue gelou nas minhas veias. No entanto, se ela está realmente morta, que poderia me causar aquilo? Van Helsing viu minha perturbação e disse quase alegremente:

— Finalmente você entrevê a verdade!

— Mas como pôde descobrir tudo isso? Que vai fazer agora? — perguntei eu estremecendo.

— Cortarei a sua cabeça, encherei sua boca de flores de alho e retirarei do peito o coração.

Não, não, ele não mutilará esta mulher que eu amei, esta morta-viva! Não serei cúmplice de uma tal profanação! Van Helsing está louco. Deve haver certamente uma explicação lógica para todos esses fatos estranhos...

CAPÍTULO DÉCIMO QUARTO

DIÁRIO DO DR. SEWARD
28 de setembro

Van Helsing projeta uma nova excursão ao cemitério, mas dessa vez quer levar Arthur e Quincey Morris. Ele lhes telegrafou. Ambos responderam ao seu apelo e houve uma longa explicação, à qual eu assisti. O pobre Arthur está dolorosamente afetado; a única coisa que sustenta é que, como eu, duvida ainda. Quinze para a meia-noite escalamos o muro do cemitério. A noite estava sombria. Van Helsing nos conduziu. No túmulo, ele acendeu uma lanterna e, virando-se para mim:

— Queira certificar, meu amigo, que o corpo de Lucy estava ainda ontem no seu caixão.

— É certo — respondi.

— Aproxime-se, Arthur — disse Van Helsing.

O pobre rapaz estremecia e estava muito pálido.

— Olhe — disse Van Helsing suspendendo a tampa do caixão. Arthur pôde constatar que o caixão estava vazio.

— Agora — disse Van Helsing — saiamos e permaneçamos perto da tumba.

O ar da noite nos pareceu divino, depois da atmosfera sufocante da tumba. Van Helsing tornou a fechar a porta e cobriu-a de flores de alho.

— Por que esta precaução? — perguntei-lhe.

— Para que "ela" não regresse independente de nós.

Não insistimos, impressionados com o aspecto grave do professor, e ocupamos em silêncio o posto que ele designou a cada um de nós.

A demora nos pareceu interminável nesse silêncio angustiado.

— Atenção! — murmurou de repente Van Helsing.

Uma forma branca caminhava ao longo da avenida de ciprestes, parecendo apertar um objeto contra o peito. À medida que avançava, vimos que era uma criança. A branca aparição se deteve a alguns metros de nós, e se inclinou sobre a criança, que deixou escapar um grito. Ia me precipitar, quando Van Helsing me deteve.

A forma caminhou para nós e sob a lua que se levantou bruscamente reconheci com terror o rosto de Lucy Westenra, mas tão mudado...! A doçura e a pureza tinham desaparecido, para só deixar lugar a uma crueldade feroz.

Van Helsing nos fez sinal para nos colocarmos diante da grade do túmulo. Elevou sua lanterna, que banhou a parte inferior do rosto de Lucy; os lábios e o queixo estavam vermelhos de sangue. Estremecemos de horror.

Quando Lucy — chamo assim, por ausência de palavras a este espectro que tem sua aparência — nos viu, deu um salto para trás, deixando escapar um grito de raiva. Seus olhos brilharam num relâmpago maligno e ela lançou fora brutalmente a criança que sustinha. Nesse momento, todo o meu amor se transformou em ódio, e eu teria, sem hesitar, suprimido aquela criatura, como a uma besta perigosa.

 Ela avançou para Arthur com um sorriso encantador:

— Venha, Arthur — suspirou ela. — Sua noiva lhe estende os braços.

Arthur, fascinado, deu um passo na sua direção, mas Van Helsing se interpôs entre eles.

Lucy recuou e sua expressão se tornou odiosa. Ela se lançou em direção à porta da sepultura e se deteve petrificada, lívida; seus olhos lançaram faíscas, seus cabelos se eriçaram e se enrolaram: dir-se-ia uma cabeça de Medusa.

— Devo continuar o meu trabalho? — perguntou Van Helsing a Arthur.

— Faça o que você acredita dever fazer — respondeu ele. — Nenhum horror ultrapassará este.

Dizendo essas palavras, apenas articuladas, ele desmaiou nos meus braços.

Enquanto eu me ocupava em reanimá-lo, Van Helsing desembaraçava a grade das flores, e com uma surpresa sem igual vimos a forma de Lucy escorregar entre os dois portais.

— Agora vamos, meus amigos — disse o mestre —, não podemos agir antes de amanhã. Há um enterro ao meio-dia, voltaremos pois às duas horas. Quanto a este pobre bebê, que felizmente não foi gravemente ferido, nós o depositaremos na praça de Hampstead, onde seguramente o virão buscar.

29 de setembro

Há uma hora e meia apresentamo-nos, fiéis ao encontro; os coveiros partiam. Nada a temer por nós. Van Helsing tinha trazido um longo saco de couro.

Na tumba, o mestre acendeu sua lanterna e duas velas que colocou de cada lado do caixão. No fim de alguns minutos de um trabalho silencioso, o corpo apareceu em toda a sua beleza. Mas a piedade estava morta no meu coração e eu não sentia mais do que repulsa por esta Coisa que tinha a aparência de Lucy, e não sua alma.

Arthur experimentava sem dúvida o mesmo sentimento, pois disse:

— Realmente, será aquela que eu amei ou um demônio?

— Não é senão o seu invólucro carnal — disse Van Helsing.

Tirou chumbo miúdo do seu saco; uma pequena lâmpada de espírito de vinho que, iluminada a um canto do túmulo, lançou uma grande chama azul; depois seus instrumentos de operação e enfim uma estaca de madeira, com uma espessura de 6 a 8 cm e cerca de um metro de comprimento. Chegou a ponta à flama.

— Eu me inspiro — disse ele — na ciência e nos costumes dos antigos, que estudaram a fundo tudo o que concerne aos vampiros.

E explicou:

— Os vampiros, pela sua maldição, são imortais, e suas vítimas se multiplicam de idade em idade, pois também todos aqueles a quem eles causam a morte se tornam vampiros. Assim o círculo se alarga até o infinito, do mesmo modo que os que se formam à superfície da água, quando se lança nela uma pedra. Lucy ainda não fez vítimas, mas se a deixarmos viver... Um de nós deve ter coragem para suprimir o elemento vital que ainda lhe resta, pois em seguida ela dormirá o sono do justo, e nossa consciência ficará aliviada.

Nossos olhares fixaram-se em Arthur, que, mais do que qualquer outro, era designado para tal empreendimento.

— Que é preciso fazer? — disse ele com voz trêmula.

Van Helsing colocou a mão sobre sua espádua.

— Coragem! Vou lhe pedir uma coisa terrível, mas você me agradecerá. Tome esta estaca, apoie-a no peito de Lucy, e com a ajuda de um martelo crave a ponta até o seu coração. Durante este tempo, rezaremos pelo repouso de sua alma.

Arthur obedeceu heroicamente.

A Coisa se convulsionou ao primeiro choque. O rosto se contraiu, uma espuma vermelha veio aos lábios e os dentes rangeram. Arthur, semelhante a um deus vingador, batia, batia sem piedade, e o sangue borbulhava. Mas de repente as convulsões cessaram, a face descansou numa expressão de beatitude e o martelo escapou das mãos de Arthur, que caiu desmaiado. Apressamo-nos a reanimá-lo. Ele abriu finalmente os olhos e lançou um olhar sobre o caixão. Seu rosto se iluminou. A morta tinha retomado a expressão serena e de pura doçura que nós tanto amávamos em Lucy. Desta vez ela *não* existia mais realmente; entrava enfim no grande repouso da eternidade.

— Você me perdoa, meu filho? — disse Van Helsing apertando a mão de Arthur.

— Eu lhe devo a salvação de um ser amado. Seja bendito — disse o nosso amigo, que ainda enxugava as lágrimas.

Arthur e Quincey nos precederam na estrada, enquanto eu ajudava o mestre a serrar a estaca, para que a ponta permanecesse mergulhada no coração da morta. Em seguida, separamos a cabeça do tronco, e Van Helsing encheu a boca amaldiçoada com flores de alho. Depois fechamos de novo o túmulo e nos unimos aos nossos amigos. O sol brilhava, os pássaros cantavam. Ao sair desse pesadelo, tivemos a impressão de entrarmos em uma ressurreição.

— Meus amigos — disse Van Helsing —, ainda não estamos no fim da nossa empreitada. É preciso descobrir o autor de todos os nossos males e castigá-lo sem perdão. Tenho alguns indícios, mas a tarefa será longa e difícil, perigosa também. Vocês me ajudarão até o fim?

— Juramos.

CAPÍTULO DÉCIMO QUINTO

DIÁRIO DO DR. SEWARD
(continuação)

Van Helsing me pediu para acompanhá-lo ao hotel. Ele tem diversas instruções a me deixar, antes de partir para Amsterdã.

Um telegrama o esperava:

Chego pelo primeiro trem. Jonathan está em Whitby. Notícias importantes.

Mina Harker

O mestre pareceu encantado.

— Essa mulherzinha é extraordinária — disse ele. — Desgraçadamente, parto quando ela chega. É você quem a receberá, meu amigo. Vá esperá-la na estação.

Antes de engolir uma xícara de chá, ele me confiou o diário de Jonathan Harker, bem como o de sua mulher.

— Estude isto — disse ele —, e saberá tanto quanto eu. Guarde-os bem, podem nos ser úteis.

Fui à estação esperar madame Harker.

Uma jovem mulher delgada e elegante pareceu corresponder aos sinais dados.

— Madame Harker? — perguntei.

Ela mostrou-se surpreendida e eu lhe expliquei por que tinha tomado o lugar de meu amigo.

Tinha por bagagem um saco de mão e uma máquina de escrever, da qual me encarreguei. Eu prevenira por telefone à governanta, a fim de preparar um quarto para ela no pavilhão do asilo.

Vi que a visitante estremeceu ao atravessar o limiar da porta.

— Não tema meus clientes — disse eu. — São cuidadosamente vigiados.

Ela me reclamou então alguns detalhes sobre a morte de Lucy. Já que conhece a existência do Vampiro, vou lhe confiar o meu diário.

29 de setembro

Quando madame Harker voltou, tinha os olhos vermelhos como se tivesse chorado.

— Causei-lhe pena? — perguntei docemente.

— Não, mas sua dor sincera me emocionou, sinto que você amou bastante minha pobre Lucy; acreditei ter ouvido a sua voz. Seu diário me elucidou mais do que pode imaginar; para mim esclarece um pouco esse sombrio mistério. Adivinho, sem o saber, como a nossa pobre amiga nos foi raptada. Jonathan me ajuda a descobrir a verdade. Ele foi a Whitby recolher algumas informações. Não temos segredos um para o outro, já que trabalhamos pela mesma causa.

Ela me lançou um olhar suplicante e resoluto ao mesmo tempo.

— Seja como você o deseja. Agora venha jantar. Em seguida saberá do resto.

30 de setembro

O sr. Harker chegou às nove horas. É um rapaz inteligente, a julgar por sua feição, e cheio de energia.

Reparou, em Whitby, no destino das cinquenta caixas expedidas de Varna e desembarcadas pelo navio fantasma. Até já procurou o nome dos condutores dos caminhões.

Mas ei-lo aqui...

Ah, bem! É assaz inesperado! Parece que o conde habita o domínio vizinho. A conduta de Renfield já deveria ter me esclarecido. Harker ajuntou o arquivo às cartas que demonstram a compra do domínio.

Se tivéssemos sabido disso mais cedo, talvez pudéssemos ter salvado a pobre Lucy...

Fui visitar Renfield. Ele estava sentado perto da janela e me sorriu. Sentei-me perto dele e o louco aflorou diversos assuntos com uma perfeita lucidez. Pela primeira vez, no entanto, desde que se acha aqui, exprimiu o desejo de voltar à sua casa. E como eu parecesse surpreendido, ele me pediu assaz bruscamente para lhe permitir essa saída.

Eis o que é estranho. Suas crises, vejo agora, correspondiam à presença do conde no domínio. Que esconde ele sob esta calma?

Fugi à sua questão, mas temo uma vingança e recomendei ao guarda redobrar a vigília e colocar nele, em caso de necessidade, a camisa de força.

30 de setembro (continuação)

Lorde Godalming e o sr. Morris chegaram mais cedo do que imaginávamos. O pobre Arthur parecia tão triste, que a sra. Harker, emocionada, lhe tomou a mão dizendo:

— Sei o que Lucy era para você; eu a amava como irmã, queira pois em sua memória aceitar a minha amizade.

Ele pareceu tocado e agradeceu com efusão.

— Eis que se passam dias e noites — disse ele — sem que ouse gritar a minha dor, com medo de parecer covarde, mas não sinto nenhuma vergonha da sua simpatia de mulher. Deixe-me em troca, madame, oferecer-lhe todo o meu devotamento.

Uma tosse discreta nos lembrou então da presença de Morris.

— E eu? Que é que eu me torno em tudo isso? Vou sentir ciúmes. Não quer também que eu seja seu amigo, madame Harker?

— Mas sim, decerto!

Todos nós nos compreendemos muito bem.

30 de setembro (continuação)

Arthur e Morris já tomaram conhecimento de todos os papéis concernentes ao "caso". A encantadora madame Harker nos serviu o chá. E pela primeira vez minha velha casa tem o ar de um lar.

— Dr. Seward? — perguntou madame Harker. — O senhor poderá me conceder um favor? Queria ver o seu doente, o sr. Renfield. O que o senhor diz a respeito dele no seu diário me interessa vivamente.

Não ousei recusar esse pedido e levei-a comigo. Eu a precedi na célula de Renfield, prevenindo-o de que levava uma visita.

— Por quê? — perguntou ele.

— Ela deseja ver todos os meus clientes.

— Está bem, faça-a entrar. Mas espere um minuto, para que eu ponha um pouco de ordem nisto.

Ele se contentou em engolir as moscas e as aranhas fechadas numa caixa, e assim que terminou essa operação repugnante, disse alegremente:

— Que ela entre!

Sentou-se na borda do leito, cabeça baixa, mas levantou os olhos para ver entrar a visitante. Temi por um instante que ele tivesse alguma intenção homicida e me afastei apenas alguns passos dele.

Madame Harker entrou na peça com uma graciosa segurança. Essa atitude comanda geralmente o respeito aos loucos. A calma os impressiona. Ela avançou para ele, a mão estendida.

— Boa noite, sr. Renfield. O dr. Seward me falou a seu respeito.

O louco não respondeu imediatamente, mas encarou-a com olhos intensos.

— Você não é a moça que o doutor queria desposar? — disse ele finalmente. — Não, é impossível, já que ela está morta.

— Com efeito — respondeu madame Harker com um sorriso. — Já estava casada antes de conhecer o doutor e me chamo madame Harker.

— Que faz aqui, então?

— Meu marido e eu estamos de visita ao dr. Seward.

— Pois bem, não permaneça!

— Por quê?

Eu pensei que esse gênero de conversação pudesse impressionar a sra. Harker, e para cortá-lo, sem mais delongas, perguntei ao louco:

— Como sabe você que eu pensei em me casar?

— Que estúpida questão! — disse ele lançando-me um olhar grave.

— Como isto? — interrogou madame Harker, tomando o meu partido.

Ele lhe respondeu com uma cortesia que contrastava com seu modo brusco em relação a mim:

— A senhora compreende, madame, quando um doutor é tão amável quanto o dr. Seward, tudo que o toca interessa à nossa pequena colônia. Ora, o dr. Seward é amado, não somente pelos seus amigos, mas pelos seus doentes, sendo que alguns, não estando inteiramente no seu equilíbrio mental, são inclinados a confundir as causas e os efeitos. Já habitei um asilo de loucos e reparei que as ideias e os sofismas de alguns dos internos tendiam a erros *non causae et ignoratio elenchi*.

Abri os olhos inteiramente a este desenvolvimento. Como o mais louco dos meus doentes falava sobre filosofia elementar como se fosse um *gentleman*? A presença de madame Harker fazia vibrar nele algumas cordas esquecidas? Conversamos ainda alguns instantes. Como ele parecesse inteiramente razoável, madame Harker se aventurou, depois de me ter consultado com o olhar, a colocá-lo na trilha do seu assunto favorito.

— Veja você, madame — disse ele com uma lucidez surpreendente. — Estive eu próprio aprisionado a uma estranha ideia fixa, e não é extraordinário que os meus amigos me tenham feito vigiar. Estava persuadido de que me era possível prolongar indefinidamente a vida, absorvendo uma quantidade sempre renovada de "vidas animais". Acreditei mesmo nisso, a tal ponto que tentei "tomar" uma vida humana. O doutor poderá testemunhar que eu quis matá-lo com o fim de reforçar o meu poderio vital pela absorção do seu sangue, inspirando-me nesta frase das Escrituras: "O sangue é a vida." Charlatães, pelo seu elixir, rebaixaram esta verdade evidente. Não é, doutor?

Eu o escutava com estupor, não sabendo o que pensar desse homem que cinco minutos antes, diante de mim, tinha engolido moscas e aranhas.

Consultei meu relógio e vi que era tempo de ir à estação ao encontro de Van Helsing. Adverti madame Harker, que me seguiu fora da peça, depois de ter dito amavelmente a Renfield:

— Até logo. Espero ter o prazer de encontrá-lo sob auspícios mais favoráveis.

Para grande surpresa minha, ele respondeu:

— Adeus, minha cara, o céu me preserve de rever jamais o seu amável rosto. Que Deus a proteja!

Van Helsing me apertou a mão, em testemunho da alegria mais viva:

— Tudo vai bem? Tanto melhor! Meus negócios estão em ordem. Posso permanecer algum tempo com vocês. Madame Harker está aqui? Sim. E seu marido também e nossos amigos? Vamos, tudo está perfeito.

Eu lhe revelei que a casa alugada pelo conde era justamente o domínio de Carfax, vizinho do meu.

— Que desgraça! — exclamou ele. — Teríamos podido salvar a pobre Lucy, mas não choremos mais e pensemos no futuro!

DIÁRIO DE MINA HARKER
30 de setembro

Duas horas depois do almoço, estávamos todos reunidos no escritório, em círculo em torno da mesa.

— Meus caros amigos — disse o mestre —, creio que é bom explicar com que espécie de inimigos temos de tratar. Os vampiros existem. Tivemos a prova. Sem falar do desgraçado exemplo desses últimos tempos, achamos a evidência no passado. Não pudemos salvar a nossa pobre amiga, mas podemos, no entanto, prevenir outras desgraças.

"O *nosferatu* não morre, como a abelha, da sua própria mordida, mas vive, e ganha uma força nova. O vampiro que combatemos tem a força de vinte homens reunidos. Ele ainda se vale da necromancia, que significa, como a etimologia da palavra indica, a ciência dos mortos; e todos os mortos de que ele se aproximou obedecem ao seu comando. É um verdadeiro demônio. Pode tomar certas aparências e desaparecer como a nuvem. Como agir para destruí-lo? Onde apanhá-lo? A tarefa é rude, a luta pode ser trágica. Eu estou velho; mas eu, que importa, no entanto vocês, que são moços, ousariam afrontá-lo?

— Respondo por Mina e por mim — disse Jonathan.

— Conte comigo, professor — disse Quincey Morris com decisão.

— Eu o seguirei — disse lorde Godalming.

Quanto a mim, apenas inclinei a cabeça.

— É preciso, por outro lado, não dissimular — continuou Van Helsing — que temos de nosso lado uma certa força: o poder da ciência. Enfim, as horas do dia como as da noite nos pertencem. Há um ano, teríamos nos recusado a acreditar na existência dos vampiros, e hoje o vampiro tem revelado sua existência em todos os lugares onde existiram homens: na antiga Grécia, na antiga Roma, nas Índias, na França, na Alemanha, na China e em todos os lugares tem sido temido como uma peste. O vampiro é imortal; não morre de velhice, e se fortifica cada vez que se alimenta de sangue humano. Sabemos ainda que pode remoçar se bebe sangue jovem; seu corpo não projeta nenhuma sombra e não se reflete nos espelhos; Jonathan pôde observar isto. Pode se transformar em nevoeiro, em lobo, como vimos à chegada do barco a Whitby, em morcego, tal como o entrevimos por detrás da janela de Lucy. Corpo fluido, pode escorregar como fumo através de interstícios imperceptíveis, como fez Lucy, antes da sua verdadeira morte, entre as grades do túmulo; comanda os ratos, os lobos e os morcegos; finalmente, vê na obscuridade como os gatos, e não é esta uma das suas menores vantagens! No entanto, apesar de todas essas faculdades, o vampiro não é todo-poderoso. Ele é mais prisioneiro, por um certo aspecto, do que os homens das galés, ou o louco na sua cela. Será preciso que ele obedeça a certas leis da natureza. Por quê? Não se sabe nada. Não pode entrar numa casa sem ser chamado, mas em seguida poderá vir tantas vezes quantas quiser. Seu poder cessa, como de todos os espíritos do mal, ao levantar da aurora. Não pode se transformar senão ao levantar do dia, ou ao pôr do sol. Só pode repousar na terra em que foi enterrado, ou então numa tumba sacrílega, como a do suicida de Whitby. Dificilmente se pode exorcizá-lo. A flor de alho e as tuberosas lhe são maléficas; colocadas sobre o seu caixão, impedem-no de sair.

Van Helsing concluiu:

— É necessário, pois, bloquear o monstro no seu caixão e lhe enterrar uma estaca no corpo, para restituí-lo ao nada. Consultei meu amigo Arminius, da Universidade de Budapeste. Ele me informou sobre os antecedentes do conde. Esse conde foi outrora aquele que tornou famoso o nome de Drácula, combatendo contra os turcos. Sua bravura e sua crueldade o tornaram célebre. Os Dráculas, disse-me Arminius, eram uma grande e nobre raça, mas seus contemporâneos afirmavam que eles entretinham ligações com o Diabo. Satã lhes revelava seus segredos nas montanhas que dominam o lago Hermanstadt. Numa das histórias do tempo, fala-se de um certo Drácula como um vampiro. Dessa raça saíram no entanto grandes homens e honestas mulheres, e seus ossos santificam a terra em que repousam. Pois infelizmente o bem se mistura ao mal como o joio ao trigo.

Durante esse discurso, o sr. Morris, que olhava atentamente a janela, levantou-se docemente e deixou o escritório; houve uma pequena pausa, e o mestre prosseguiu:

— E, agora, decidamos nosso plano de ação. Sabemos por intermédio de Jonathan que cinquenta caixas cheias de terra, terra maldita na qual foi enterrado o conde, foram trazidas ao domínio de Carfax. São os domínios do Monstro... Trata-se de saber se elas ainda estão aí, ou se...

Um tiro o interrompeu. O vidro voou em pedaços, uma bala veio se enterrar na parede oposta à janela. Lorde Godalming se lançou à janela e abriu-a.

Nesse momento, ouvimos a voz de Quincey Morris.

— Desculpem-me. Temo lhes ter feito medo inutilmente. Esperem, vou me explicar.

Entrou de novo no escritório.

— Ainda agora, enquanto o professor falava — disse ele —, percebi no rebordo da janela um grande morcego. Como não posso mais suportar esses pássaros de mau agouro depois dos últimos acontecimentos, resolvi suprimi-lo.

— Você o atingiu? — perguntou vivamente Van Helsing.

— Não creio, pois ele voou para o bosque.

Tornou a se sentar e o professor voltou a dizer:

— É preciso primeiro nos assegurarmos de que todas essas caixas estão lá. Poderíamos santificar as terras que elas contêm, a fim de impedir o monstro de entrar; depois, nós o surpreenderíamos em pleno dia, na sua forma humana, no momento em que ele é mais desarmado, e assim levaríamos vantagem facilmente. A partir dessa noite iniciaremos a luta, mas a senhora não nos acompanhará, madame Harker; a senhora é a nossa estrela e a nossa esperança, e não queremos expô-la aos riscos que teremos de enfrentar.

Contra isso não pude dizer nada, fui obrigada a me submeter.

Morris sugeriu:

— Proponho fazermos uma volta na casa do inimigo imediatamente.

Meu coração apertou, esforcei-me, porém, para esconder minha ansiedade, não havia de inquietar aqueles que amo.

DIÁRIO DO DR. SEWARD
1º de outubro, 4 horas da manhã

Preparávamo-nos para deixar a casa, quando vieram me prevenir que Renfield desejava me ver sem demora: tinha um comunicado importante a fazer. Respondi ao guarda que o veria no dia seguinte pela manhã, pois estava ocupado. Ele respondeu: "O doente parece bem nervoso, creia, e se se recusar a vê-lo, temo que ele se abandone a um violento acesso de furor."

— Está bem, eu vou! — respondi.

E pedi aos meus amigos que esperassem alguns instantes.

— Leve-me com você — disse o professor. — Este caso me interessa.

— Posso ir também? — perguntou o lorde Godalming.

— E eu? — disse Quincey Morris.

Consenti e, todos os quatro, ganhamos o corredor. Encontramos o louco bastante agitado na verdade, mas coerente nos seus discursos.

Pediu-me simplesmente que lhe concedesse sua liberdade e permitisse, assim, que ele regressasse ao lar. Invocou sua cura completa e ajuntou:

— Tomo como testemunho seus amigos. Eu os chamo assim, se bem que o senhor não os tenha apresentado.

Seu tom sério me impressionou, e, sem pensar no ridículo do ato, apresentei-os:

— Dr. Van Helsing, lorde Godalming, sr. Quincey Morris.

Ele apertou a mão de cada um e disse:

— Lorde Godalming, outrora tive o prazer de conhecer seu pai. Foi, na sua mocidade, o inventor de um famoso ponche de rum, muito reputado. Percebo e lamento que ele esteja morto, já que o senhor herdou o título. Sr. Morris, eu o felicito pela bela posição que ocupa na sociedade. Mas que direi do prazer que experimento ao encontrar o célebre Van Helsing! Desculpe-me, doutor, por não ajuntar nenhum título ao seu nome. Quando um homem revolucionou a ciência por suas maravilhosas descobertas sobre a evolução do cérebro, ficou conhecido no mundo inteiro. Assim, senhores, eu os tomo como testemunhas de que me acho são de espírito... Pelo menos — ajuntou ele com um sorriso — tanto quanto a maioria dos homens. Estou persuadido de que o senhor, dr. Seward, jurista e homem de ciência, estimará que é do seu dever concordar com o meu pedido.

Ele pronunciou essas últimas palavras com uma cortesia cheia de encanto.

Estávamos todos estupefatos. Por mim não duvidava que ele tivesse recobrado sua razão, e, obedecendo ao meu impulso, eu lhe respondi que não duvidava do seu bom senso e que me ocuparia no dia seguinte pela manhã da sua liberdade, decidido, aliás, a me assegurar antes do seu real estado de espírito.

Isso não o satisfez, pois retornou vivamente:

— Temo, dr. Seward, que não compreenda o meu pedido: desejo ir imediatamente, sem demora, o tempo urge.

Vendo que eu não estava convencido, ele se voltou para meus amigos e examinou suas faces.

— Terei me enganado — disse ele com a maior surpresa — ao esperar poder recobrar imediatamente a minha liberdade?

— É impossível — disse com doçura.

Ele manteve-se em silêncio e acabou por dizer lentamente:

— Não reclamo mais um direito, imploro, suplico, não somente no meu próprio interesse como no de todo o mundo. Infelizmente não lhe posso dar minhas razões, mas peço-lhe para acreditar que são excelentes e honestas. Se pudesse ler no meu coração, senhor, aprovaria o sentimento que me anima, mais ainda, haveria de me contar como um de seus melhores amigos.

Essas palavras me mostravam uma nova fórmula da sua loucura; eu o deixei falar na esperança de que revelasse enfim a sua fissura.

Van Helsing então se dirigiu a ele, como se o fizesse a uma pessoa de bom senso.

— Não pode nos dizer por que razão deseja estar livre esta noite? Se o soubéssemos, talvez pudéssemos influenciar o dr. Seward.

Ele moveu tristemente a cabeça e disse com ar de pungente mágoa:

— Nada tenho a dizer. Se pudesse falar, não hesitaria, mas neste caso não sou senhor da minha vontade. Eu lhe peço para acreditar, sob palavra. Se rejeitar meu pedido, que as consequências tombem unicamente sobre o senhor.

Eu quis pôr fim a esta cena ridícula:

— Venham, meus amigos, temos que trabalhar. Boa noite, Renfield.

Dei um passo em direção à porta, mas a atitude do doente mudou imediatamente. Ele se lançou sobre mim de um modo tão vivo, que imaginei um ataque homicida. Mas ele somente se precipitou de joelhos, juntando as mãos para me implorar:

— Oh! Dr. Seward! Dr. Seward — disse ele com lágrimas nos

olhos —, permita-me deixar esta casa sem demora. Envie-me para onde quiser, faça-me vigiar pelos guardas que quiser, que me liguem os braços, que me coloquem camisa de força se houver necessidade, mas que me levem para longe daqui. Não está vendo que recobrei a razão, não quero perdê-la de novo! Tenha piedade de mim, deixe-me partir!

— Calma — disse eu levantando a voz um pouco bruscamente. — Faria melhor em se deitar.

Ele se calou de repente e me lançou um profundo olhar. Depois se sentou na borda da cama. No momento em que eu me retirava, ele disse ainda com voz tênue:

— O senhor me fará justiça mais tarde, Seward, ao se lembrar que esta noite fiz tudo que estava em meu poder para convencê-lo.

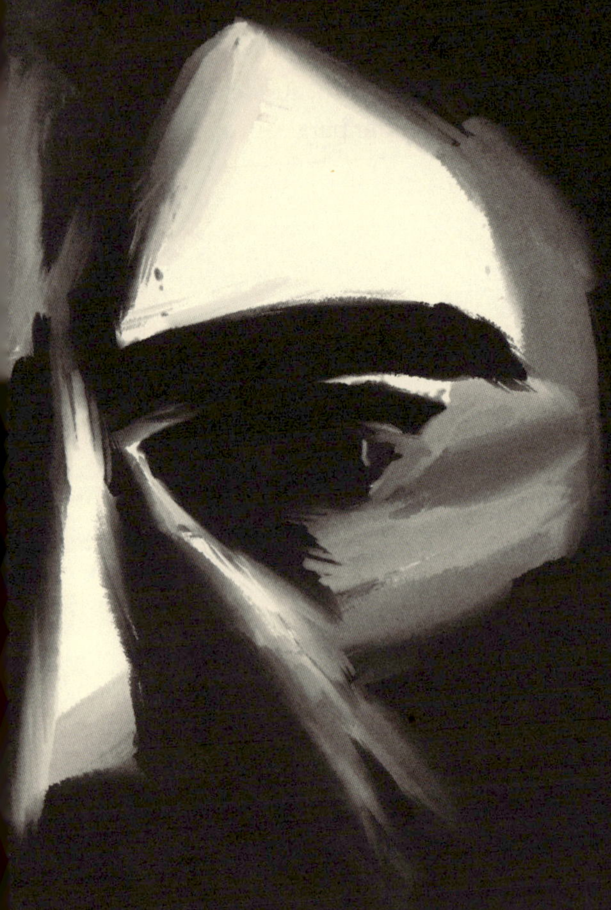

CAPÍTULO DÉCIMO SEXTO

DIÁRIO DE JONATHAN HARKER
1° de outubro, 5 horas da manhã

A cena com Renfield impressionou a todos nós. Voltamos ao escritório de Seward e Morris disse:

— Então, John, está bem certo de que esse homem é louco? Nunca vi tal lucidez. Certamente, ele tinha uma séria razão para querer se afastar daqui e nós fomos bem duros em recusar.

— Evidentemente — tornou Van Helsing — você conhece melhor os loucos do que nós. Felizmente, aliás, pois eu me teria deixado enganar e lhe teria concedido a liberdade.

— Ele parecia, com efeito, sincero — disse Seward pensativo —, em outra circunstância qualquer eu teria cedido, mas esse homem está muito misturado aos acontecimentos que nos interessam para que arrisquemos uma coisa tão grave. E depois eu me lembrei de que, quando desejava ter um gato, ele me implorava com a mesma eloquência. Ele chama o conde de "seu Senhor e Mestre". Tudo isso é estranho. No entanto, parece sincero.

— Pois bem, partamos — propôs Van Helsing, abrindo a porta.

Escalamos o muro e nos dirigimos para o domínio, tendo o cuidado de nos manter na sombra das árvores da avenida, por causa do clarão do luar. Detivemo-nos diante da porta: o professor abriu o seu pequeno saco.

— Meus amigos — disse ele —, corremos perigos de todas as espécies. Defendamo-nos, pois, do melhor modo possível. Coloquem essas guirlandas de flores em torno do pescoço, tomem um revólver e uma faca, e levem nos seus bolsos essas pequenas lâmpadas elétricas. John, dê-me a gazua, vamos tentar abrir a porta.

Ele introduziu a chave na fechadura, que acabou por ceder: a porta se abriu rangendo.

Fechamo-la por detrás de nós. A fraca claridade das lâmpadas projetava nossas silhuetas deformadas sobre o teto e as sombras dançavam. Tínhamos todos a impressão desagradável de ter alguém atrás de nós, e o menor barulho nos fazia estremecer. Nossos pés mergulhavam numa espessa camada de poeira. Nos ângulos, enormes teias de aranha sustinham aglomerados de poeira. Sobre uma mesa do vestíbulo, um molho de chaves com as etiquetas apagadas pelo tempo.

Van Helsing se virou para mim.

— Você conhece o lugar, Jonathan, já que o plano foi copiado pela sua mão; conduza-nos, pois, à capela.

Depois de muitas voltas, detivemo-nos diante de uma porta baixa ornada de antigos adornos de ferro.

A chave penetrou sem esforço, a porta girou sobre seus gonzos e imediatamente um terrível odor nos subiu à garganta. Depois do primeiro movimento de repulsa, entramos bravamente. Olhadela sumária: a capela minúscula; sufoca-se dentro dela.

— Quantas caixas ainda restam? — perguntou Van Helsing.

As caixas estavam alinhadas ao longo da parede, e nós as contamos; restam vinte e nove.

De repente, lorde Godalming se virou para a porta, segui a direção do seu olhar e meu coração cessou de bater: no corredor e enquadrada na porta, uma terrível visão: o nariz proeminente, os olhos vermelhos, a palidez do rosto do conde. Mas imediatamente a aparição desapareceu.

— Não é senão um jogo de luz — disse Godalming.

Mal convencido, saí para o corredor. À luz da minha lanterna, perscrutei os menores recantos. As paredes são espessas e lisas. Por onde teria ele entrado? No entanto, não creio ter sonhado.

Foi então que Morris atraiu nossa atenção para um ponto fosforescente. Imediatamente toda a capela se encheu de ratos. Esta invasão inesperada nos desconcertou; somente Godalming guardou sua presença de espírito; ele se precipitou para a grande porta de carvalho que, ao fundo da capela, dava para o jardim; abriu-a de par em par e levou aos lábios um pequeno apito de prata. Latidos de cães vindos do asilo responderam e em poucos instantes surgiram três Fox Terriers.

Os ratos se multiplicavam de tal maneira que suas costas negras faziam um só chão movediço. Os cães se detiveram no limiar da porta, latindo lamentosamente. Arthur tomou um pelo pescoço e lançou-o ao chão. Então, o bravo animal se atirou em perseguição dos seus inimigos, que se apressaram em fugir, e tão rapidamente que os três Terriers não conseguiram massacrar senão uma vintena.

Fechamos a porta que dava para o jardim e, precedidos pelos cães, visitamos o domínio. Por todos os lugares uma camada de poeira fabulosa; mas nada descobrimos de anormal. A aurora surgia quando saímos pelo pórtico.

Van Helsing tinha destacado do molho a chave da grande porta; colocou-a sem rebuços no bolso.

— Não perdemos nosso tempo — declarou ele. — Soubemos que o conde pode se fazer obedecer por uma legião de ratos, do mesmo modo que na Transilvânia comandava os lobos, e ele não lhes transmite seu poder, já que os três Fox Terriers bastaram para pô-los em fuga.

Todo o mundo no asilo devia dormir; nenhuma luz nas janelas, mas ao passar pela cela de Renfield ouvimos gemidos. O pobre louco devia se desesperar.

Mina dormia quando eu entrei no quarto. Respirava fracamente e pareceu-me mais pálida do que de costume. Contanto que estas últimas ansiedades não a tornem deprimida! Não adianta ela ser corajosa, são emoções terríveis para uma mulher. Eu lhe falarei o menos possível de nossas expedições noturnas.

1° de outubro (continuação)

Dormimos todos como brutos. Quando eu me levantei, o sol já estava alto no céu. Mina dormia ainda, fui obrigado a chamá-la três vezes seguidas, antes que ela conseguisse abrir os olhos; pareceu sair de um pesado sono e me contemplou com ar alucinado, como alguém que desperta de um pesadelo. Queixou-se de uma grande fadiga e eu supliquei-lhe que repousasse um pouco mais.

Soubemos que vinte e uma caixas tinham sido retiradas do domínio. É preciso que saibamos também o destino delas. Isso simplificará o nosso trabalho. Verei hoje mesmo Thomas Snelling, o condutor de caminhão.

DIÁRIO DE MINA HARKER

1° de outubro

Nada compreendo; deixam-me de lado, e no entanto não sou impressionável. Jonathan se recusou a me relatar sua expedição. É penoso que ele me esconda alguma coisa; mesmo por delicadeza, não pude me impedir de chorar como uma tola. Aliás, estou muito deprimida; é o contragolpe dos últimos dias.

Assim que fiquei só, ontem à noite, meti-me na cama. Estava bastante inquieta e não conseguia adormecer. Cães latiam, e do quarto de Renfield, situado abaixo do meu, subia uma oração exaltada. Depois o silêncio se fez. Levantei e me aproximei da janela. Tudo estava sombrio. Nada se movia na paisagem. Uma ligeira névoa branca flutuava na praia e, como animada de vida, aproximava-se da casa. Tornei a me deitar. Mas o sono não veio. Então eu me levantei de novo. A bruma envolvia agora a casa, como se quisesse penetrar nela e não o ousasse. O pobre louco lançava gritos desesperados; parecia suplicar apaixonadamente. Em seguida, escutei o barulho de uma luta, os guardas o retinham, sem dúvida. Tomada de terror, puxei as cobertas por cima da cabeça e tapei os ouvidos. Não sentia nenhuma vontade de dormir e, no entanto, o sono deve ter me ganhado muito depressa, pois tive um sonho estranho.

Esperava a volta de Jonathan, estava inquieta e como que paralisada e oprimida por uma atmosfera pesada e glacial. Atirei fora as cobertas e constatei que o bico de gás, que eu tinha deixado aceso para Jonathan, não clareava mais que por um pequeno ponto vermelho apenas visível na bruma que tinha invadido meu quarto. Eu tinha os olhos fechados, evidentemente, e, no entanto, via através das minhas pálpebras. Que absurdos se imagina em sonhos!

A bruma se tornou mais espessa e pareceu formar uma espécie de pilar de névoa, coroado pelo pequeno ponto do gás. O quarto rodou, depois vi dois pontos vermelhos em lugar de um; brilhavam como se fossem olhos. Isso me lembrou dos olhos vermelhos que vimos, Lucy e eu, no cemitério, em um belo pôr de sol. Pareceu-me que uma face lívida se desenhava na bruma e se aproximava de mim. Não sei por que pensava então nas três horríveis mulheres que Jonathan tinha visto num raio de lua. E de terror, pareceu-me que desmaiava.

Espero que não tenha mais semelhantes pesadelos; esgotam muito e são nefastos para o equilíbrio mental.

Esta noite me deprimiu mais do que se eu não tivesse fechado os olhos.

2 de outubro

Dormi bem a noite passada, não sonhei, nem sequer ouvi Jonathan entrar. No entanto, também esta noite não me trouxe nenhum repouso. Sinto-me terrivelmente fraca. Passei todo o dia de ontem lendo, ou melhor, tentando ler. Sinto-me entorpecida. Renfield pediu para me ver. Pobre homem! Parece bem inofensivo nos seus momentos de calma; beijou-me a mão. Sua doçura me emocionou até às lágrimas, mas atualmente choro por nada, o que é sinal de fraqueza.

Meus homens voltaram na hora do jantar, todos muito fatigados; tentei diverti-los do melhor modo possível. Depois do jantar, pediram-me que voltasse para o quarto sob pretexto de fumar um cigarro. Sei muito bem o que tudo isso quer dizer.

Quis evitar uma nova insônia e pedi ao dr. Seward para me dar um ligeiro soporífero. Ele próprio preparou a poção.

CAPÍTULO DÉCIMO SÉTIMO

DIÁRIO DE JONATHAN HARKER

1° de outubro

Descobri Thomas Snelling, mas nada soube de novo. Sua mulher me confiou que ele não era senão assistente de Smollet, e que só este último poderia me informar.

Fiz, pois, conduzir-me de carro a Walworth. O respeitável personagem bebia seu chá com a gravidade que comporta um tal ato. É o tipo do bravo operário esperto, mas, no fundo, uma criança. Ele se lembrava muito bem do seu trabalho em Carfax, mas para precisar suas lembranças retirou um velho registro poeirento coberto de hieróglifos a lápis. Recentemente transportou seis caixas de Carfax a Londres, para o seguinte endereço:

Chicksand Street, nº 197, Mile End, New Town.

E seis outras para:

Jamaica Lane, Bermondsey.

É provável que o monstro tenha dispersado na cidade cada uma das suas encomendas. Ele projeta, evidentemente, transportar para Londres várias caixas de terra.

— Sabe você de outros transportes? — perguntei-lhe eu.

— Vou lhe dizer tudo, senhor! Na noite passada, no albergue do *Hare and Hounds*, encontrei um tipo com o nome de Bloxam que se queixou de ter tido um trabalho nada engraçado numa velha casa de Purfleet. Talvez se o senhor o interrogar, ele lhe responda.

— E onde o encontrarei?

— Na manufatura do Poplar.

Com essa vaga informação, parti para o Poplar.

Era meio-dia quando descobri esse longínquo quarteirão de Londres. Como não soubesse onde se achava a manufatura em questão, eu me informei num café: os operários que almoçavam lá, a um canto da mesa, vieram em meu auxílio. Realmente existia uma nova manufatura, não muito longe dali.

Dirigi-me até ela; interrogado, o contramestre me revelou que um sujeito chamado Bloxam trabalhava realmente lá. Chamaram-no, depois que prometi pagar o tempo que ia fazê-lo perder.

Era um grande rapaz de traços rudes e aspecto resoluto. Uma moeda de vinte soldos destravou-lhe a língua.

Ele tinha feito duas viagens entre Carfax e uma casa de Picadilly, a fim de transportar para a casa nove grandes caixas "que eram rudemente pesadas".

— Poderia você me dizer o número dessa casa, em Picadilly?

— Meu Deus, senhor, esqueci o número, mas sei que era uma construção grande, provavelmente uma igreja. Uma espécie de velha casa cheia de poeira.

— E você pôde carregar e descarregar sozinho essas caixas?

— Não, o velhote que me tinha contratado para fazer esse serviço ajudou-me um pouco. Nunca vi homem tão forte.

— Ah! — fiz eu interessado.

— Sim, um velho com cabelos brancos. E, no entanto, levantou uma das caixas pela alça como se fosse um pacote de chá, enquanto que eu suava para levantar a minha. Só vendo! O mesmo aconteceu em Picadilly. Ele tinha chegado antes de mim e me abriu a porta.

— Você depositou as caixas no hall?

— Certamente, onde queria que eu as metesse? Depois que parti, ele fechou a porta por trás de mim.

— E você não se lembra mais do número?

— Não, senhor. Mas é fácil reencontrar a casa; tem uma grande fachada de pedra e uma alta escada.

Não podendo tirar outras precisões, entreguei uma moeda ao homem e me dirigi para Picadilly.

Não havia mais tempo a perder. O conde já devia ter dispersado aqui e ali algumas de suas caixas.

Em Picadilly Circus, deixei meu carro e dei alguns passos. Muito depressa descobri a casa descrita por Bloxam. Certamente ela não é habitada há muito tempo, pois está coberta por uma camada de poeira negra. As venezianas estão abertas. O papel de anúncio de venda foi retirado, mas desenha ainda sobre a parede um quadrado mais claro. Lamento que ele já não esteja mais aqui, pois sem dúvida me teria revelado o nome do antigo proprietário, por intermédio de quem eu poderia talvez ter acesso à casa.

Mas o garçom do café da frente poderia sem dúvida me informar.

— O proprietário desta casa? Segundo o nome escrito no papel, eram sr. Mitchell e filhos.

Achei o endereço no catálogo.

Alguns minutos depois eu chegava ao escritório da agência Mitchell e Filhos.

O empregado principal me recebeu na ausência dos patrões. Como se mostrasse muito reticente, resolvi tratá-lo como devia.

— Sou enviado por lorde Godalming, que viu a casa pelo exterior e pensa em comprá-la. A quem deve ele se endereçar?

E estendi-lhe o meu cartão.

— Ah! Aí é diferente, senhor — respondeu ele repentinamente obsequioso. — Eu lhe informarei de muito boa vontade, já que será ao mesmo tempo prestar um favor a lorde Godalming, mas infelizmente nada posso dizer sem autorização dos meus patrões. Aliás, o que deseja o senhor saber ao justo?

— O nome do novo proprietário da casa.

— Espere, poderia deixar o endereço de Sir Arthur? Por ele, faremos essa exceção à regra. Conferenciarei com meus patrões e lhe escreverei pelo correio desta noite.

Afinal, era melhor fazer desse homem um aliado. Agradeci polidamente, dei-lhe o endereço do asilo e o deixei com um aperto de mão.

Depois de me ter restaurado com uma xícara de chá, tomei o primeiro trem para Purfleet. Reencontrei-os em casa. Mina parece mais triste e mais fatigada ainda. Tenho o coração apertado por não poder lhe falar em confiança, tal como no passado.

Mas por outro lado... Aliás, o assunto me parece repugná-la, e se fazemos alusão a isso ela não pode reter um estremecimento. Espero que esses últimos acontecimentos não a tenham abalado muito.

Depois do jantar, fizemos um pouco de música. Mais tarde conduzi Mina ao seu quarto. A pobre criança me apertou com força nos seus braços, como se temesse para mim novos perigos. Graças a Deus, nós nos amamos ternamente!

Reuni-me aos outros no salão e lhes disse o resultado de minhas procuras.

— Eis um bom dia de trabalho — disse Van Helsing. — Estamos na pista, e dentro em pouco poderemos preparar o golpe final e nos desembaraçarmos deste monstro.

— Mas como entraremos na casa de Picadilly? — perguntou Morris.

— Já entramos em outras — replicou lorde Godalming.

— Não é a mesma coisa. Em Carfax, estávamos livres de olhares indiscretos. Enquanto que, em plena Londres, não sei como poderemos praticar essa nova façanha.

— Será preciso ter a chave.

— Mas como?

— Furtando-a do conde — disse eu.

— Espere primeiro a resposta de Mitchell — disse Van Helsing —, e vamos dormir.

Não nos deixamos ser duas vezes lembrados. Subi para o meu quarto.

Mina dorme profundamente, a respiração regular, mas fraca; ela tem o ar preocupado e eu a acho bastante pálida. Como queria sabê-la tranquila em Exeter!

DIÁRIO DO DR. SEWARD

2 de outubro

A agência de Londres informa a lorde Godalming que o pequeno prédio situado no número 347, em Picadilly, foi comprado por um nobre estrangeiro: o conde de Ville. Trata-se, evidentemente, de Drácula.

Harker continua em pesquisas, e Arthur e Quincey se ocupam em procurar alguns cavalos. Eles pretendem, com razão, que quando tivermos todas as informações necessárias a nosso plano de ação, não haverá mais tempo a perder. Com efeito, será necessário, entre o levantar e o pôr do sol, purificar com flores de alho e tuberosas as caixas de terra importadas pelo conde, a fim de lhe suprimir todo refúgio. E assim vencê-lo.

Van Helsing está no British Museum, onde consulta alguns antigos tratados de medicina; será bom saber qual o remédio que deve ser aplicado em ferimentos feitos por um vampiro.

Eu me pergunto, por momentos, se não somos todos loucos e se não seria melhor que nos metessem em camisas de força.

Novo conciliábulo.

Estamos em uma boa pista, e amanhã à noite haverá certamente alguma coisa de novo.

Renfield está calmo. Que é que isto esconde? Ontem ele recomeçou a aprisionar moscas.

Mas... que será este grito selvagem? Parece partir do seu quarto. Um dos guardas entra como um pé de vento:

— Renfield deve ter se ferido, encontraram-no estendido por terra e todo coberto de sangue.

3 de outubro

Quando cheguei, Renfield encontrava-se num mar de sangue. Eu o levantei; apresentava ferimentos em vários lugares. A face estava horrivelmente castigada como se tivesse batido a cabeça contra o assoalho.

— Dir-se-ia — disse o guarda que o examinava — que ele partiu a coluna vertebral. Seu braço, sua perna direita e todo esse lado da face estão paralisados. Como esses dois incidentes puderam acontecer simultaneamente? Ele poderia machucar o rosto ao bater contra o assoalho. Poderia partir a coluna vertebral ao cair da cama, mas um desses dois incidentes exclui o outro.

— Vá procurar o dr. Van Helsing.

Dentro em pouco o professor chegava de chinelos e de robe de chambre.

— Triste incidente! — disse ele lacônico. — Este homem tem necessidade de ser velado. Vou me vestir e já volto.

O doente respirava penosamente. Devia sofrer.

Van Helsing retornara com sua maleta médica.

— Despeça o guarda — disse ele. — É preciso que estejamos sozinhos com este homem, assim que ele voltar à consciência, depois da operação.

— Pode continuar sua ronda, Simons — disse eu ao guarda. — O dr. Van Helsing e eu trataremos do doente.

Observei:

— Os ferimentos da face são apenas superficiais, mas há fratura do crânio.

— É preciso reduzir isto — disse Van Helsing. — Todos os nervos motores foram atingidos. Precisamos fazer uma trepanação sem demora.

Nesse momento, bateram docemente na porta.

Abri e percebi no corredor Arthur e Quincey de pijama.

— Podemos ser úteis em alguma coisa? — perguntaram eles.

— Sim, entrem.

Com algumas palavras, nós os colocamos ao corrente do que se passava. Van Helsing suspendeu as mangas para a operação; seu rosto não me tranquilizava. Contanto que o desgraçado não expirasse antes de ter falado! Renfield não respirava mais do que por arrancos.

— Apressemo-nos — disse Van Helsing —, vou fazer a abertura do lado da orelha.

Com mão hábil e segura, ele manejava seus instrumentos.

De repente, o doente deixou escapar um longo suspiro, sem parecer nos ver.

Lentamente, voltou a si e acabou por nos reconhecer.

— Vou me manter tranquilo, doutor. Diga a eles para me retirarem a camisa de força. Tive um sonho terrível, que me deixou muito fraco. Meu rosto está doendo, por quê?

Quis voltar a cabeça, mas seu olhar se tornou vidrado, e cheguei a acreditar que ele ia morrer naquele instante.

— Então, o que foi que você sonhou, sr. Renfield? — perguntou Van Helsing.

O rosto do doente se iluminou.

— Ah! É o senhor, dr. Van Helsing! Foi bom ter vindo. Eu sonhei...

Não pôde dizer mais nada.

— Depressa, Quincey, um pouco d'água e *brandy*! — gritei eu.

Quincey voltou com um prato. Umedeci os lábios do paciente, que readquiriu o conhecimento.

— Não é um sonho — tornou ele —, mas uma atroz realidade. Mais um pouco de *brandy*, sinto que me vou e tenho outras coisas a dizer. Obrigado. Repare bem, todo o mal começou na noite em que eu lhe supliquei que me deixasse sair daqui. Então não pude falar: minha língua estava presa, mas conservava toda a minha razão. Quando o senhor me deixou, tive uma crise de desespero. Depois eu me acalmei; os cães latiram perto de casa, mas Ele estava longe.

Van Helsing me lançou um olhar significativo.

— Continue — disse eu docemente.

Ele retornou:

— Ele se aproximou da janela sob a forma de nevoeiro, tal como eu já o tinha visto várias vezes. Mas Ele tinha agora mais a aparência real de um homem do que de uma sombra; seus olhos brilhavam com uma luz terrível e sua boca vermelha ria descobrindo dentes agudos. Eu não lhe disse para entrar, como Ele esperava; então, para me seduzir, fez desfilar diante de mim todas as tentações. Vi passarem milhões e milhões de ratos, e pássaros, e gatos, e cães, tudo isso representando um belo sangue vermelho, a Vida, séculos de existência!

— Todas essas vidas lhe pertencem, e muitas outras ainda, disse Ele, se quiser me adorar!

Então eu me vi cercado por uma nuvem púrpura. Levado por um impulso irresistível, gritei:

— Entre, meu Senhor e Mestre!

"Mas todos os animais tinham desaparecido, e Ele deslizou pela janela, apenas entreaberta.

A voz de Renfield se enfraquecia cada vez mais; dei-lhe ainda algumas gotas de *brandy* e ele retomou sua narrativa, mas com uma lacuna.

— Durante todo o dia, esperei que Ele manifestasse o seu poder, mas nada me enviou, nem mesmo uma pequena mosca. Assim, pois, à noite, quando voltou, eu o crivei de injúrias. Ele me contemplou com desdém e seus grandes olhos vermelhos pareciam me esmagar. Em seguida, madame Harker entrou no quarto.

O professor estremeceu e eu o vi empalidecer.

Renfield retornou:

— Revi madame Harker esta tarde e achei-a mudada. Não gosto dos seres pálidos, eu os quero vigorosos, cheios de um rico sangue; ela parecia ter perdido todo o que possuía. Refleti depois da sua partida, e a ideia de que Ele teria podido, que Ele, Ele tomara um pouco da vida de madame Harker tornou-me louco. Também esta noite esperei o monstro. Pretendem que os loucos têm às vezes uma força surpreendente. Lancei-me sobre Ele e o apertei com todas as minhas forças, mas então seus olhos me queimaram como dois ferros vermelhos. Toda a minha força me abandonou e relaxei o meu braço. Ele me levantou da terra e me projetou violentamente ao chão, enquanto me senti cegado por uma luz vermelha, ensurdecido por um barulho de trovão, e o fantasma desaparecia sob a porta.

Sua voz se extinguiu. Van Helsing se levantou, gritando:

— Ele está pois nesta casa. Que ao menos não seja muito tarde! Não percamos um só instante, e ataquemo-lo com nossas armas.

Corremos na direção dos nossos quartos. Equipados como durante nossa primeira fuga ao velho domínio, reencontramo-nos diante da porta dos Harker.

— Somos obrigados a botar abaixo a porta — disse Van Helsing —, pois, se despertarmos nossos amigos, Ele terá tempo de escapar.

Com um só movimento, lançamo-nos contra a porta, que cedeu de um modo tão brusco que fomos projetados no meio do quarto.

O espetáculo que nos esperava me gelou de terror. O luar era tão luminoso que, apesar das venezianas fechadas, se distinguiam os objetos no quarto. Jonathan, que ocupava a cama junto à janela, dormia com um sopro regular. Junto do leito de Mina, desenhava-se uma indistinta forma negra.

Ao nos aproximarmos, o conde se voltou; seus olhos faiscaram num furor diabólico. Suas vastas narinas palpitaram, rangeu os dentes e, atirando Mina com violência sobre o leito, dirigiu-se para nós. O professor agitou sua guirlanda de tuberosas e o conde recuou, do mesmo modo que a pobre Lucy na sua tumba. Então brandimos todas as nossas flores de alho, obrigando, assim, o monstro a recuar cada vez mais. Uma nuvem passou diante da lua, tornando o quarto escuro. Quincey riscou um fósforo, que aproximou do gás. Vimos então um ligeiro vapor branco escorrer ao longo do corredor.

Depois, a sra. Harker lançou um grito estridente, que ouvirei até o dia da minha morte. Precipitamo-nos para ela. Estava lívida e seu olhar brilhava louco de terror. Cobriu o rosto com suas pobres mãos, que traziam ainda as rudes marcas do abraço do conde.

Arthur deslizou para fora do quarto. Van Helsing murmurou:

— É preciso despertar Jonathan, que parece estar sob o efeito de um soporífico.

Molhou o guardanapo na água e chicoteou-lhe a face. Abri a janela. A lua brilhava de novo. Ela me permitiu ver Quincey Morris atravessar o gramado e se dissimular à sombra de um grande cipreste. Que pretendia ele?

Harker despertou, lançando um grito; um profundo estupor se pintou em seu rosto.

— Que há? — gaguejou ele.

Sua mulher estendeu-lhe os braços; depois, bruscamente, cobriu as faces, estremecendo.

— Que há? — repetiu Jonathan. — Por que este sangue sobre a coberta de Mina? Meu Deus? Meu Deus! O Vampiro! Será possível?

Saltou do leito e vestiu-se rapidamente.

— É preciso salvar Mina, dr. Van Helsing — disse ele. — Quanto a mim, lanço-me em perseguição desse miserável. Ocupe-se dela.

— Não, não, Jonathan — gritou Mina —, não me deixe! Não quero perdê-lo!

Ela se pendurava desesperadamente nele.

— Não tema coisa alguma, minha filha — disse Van Helsing, dando à jovem mulher algumas flores de tuberosa —, nós estamos aqui, velaremos.

Estremecendo ainda, ela escondeu de novo seu rosto contra o peito do marido. O pequeno ferimento do seu pescoço imprimia sobre a camisa de Jonathan dois traços vermelhos. A esta visão, Mina pôs-se a soluçar, gemendo:

— Impura! Eu sou impura! Não posso mais tocar meu marido! Sou a sua pior inimiga! Não deixem que ele se aproxime de mim! Ah! É terrível! É terrível!

— Vejamos, Mina — disse Jonathan com severidade —, eu a proíbo de falar assim. Você está dizendo coisas absurdas.

Tomou-a nos braços e embalou-a como a uma criança.

— Agora, doutor — disse ele quando ela se acalmou um pouco —, diga-me tudo que se passou.

Eu lhe relatei os últimos acontecimentos. Ele me escutou sem se mover, lívido.

Quincey e Godalming voltaram.

— Aonde foram vocês?

— Ao quarto de Renfield — disse Arthur —, o pobre homem morreu.

Ele hesitou um segundo, como se quisesse ajuntar alguma coisa, mas não ousou, guardou silêncio.

— E você, amigo Quincey, que tem para nos dizer? — perguntou Van Helsing.

— Estive no jardim a fim de espiar Sua saída, mas nada mais vi senão um grande morcego que parecia fugir do quarto de Renfield e se afastar em direção ao oeste. Esperava que o conde voltasse a Carfax, mas sem dúvida julgou prudente escolher um outro esconderijo. O céu se ilumina, a aurora se acha próxima, esperemos o dia.

CAPÍTULO DÉCIMO OITAVO

DIÁRIO DE JONATHAN HARKER

3 de outubro

Mantivemos um conselho depois do almoço, desta vez. Mina está conosco e será nossa secretária; durante o tempo que trabalhar, esquecerá um pouco o terrível pesadelo da noite passada.

— É preciso — disse Van Helsing — que daqui até a noite tenhamos purificado e, portanto, tornado inabitáveis para o monstro todas as caixas de terra, de modo que não achando nenhum refúgio, ele seja obrigado a conservar a forma mortal que tiver tomado. E agora comecemos pela casa de Piccadilly.

— Como entraremos? — perguntou Arthur.

— Não importa como! — gritei eu. — Ainda que tenhamos de partir a fechadura!

— E a polícia? — disse Quincey.

— Bah! Ela não se ocupará conosco! — disse Van Helsing.

— E mesmo se tivéssemos o devido cuidado, ela nos auxiliaria. O melhor é nos comportarmos como os proprietários legítimos da casa e nos apresentarmos numa hora convincente, lá para as dez horas da manhã, por exemplo.

Vi com prazer que a pobre Mina, interessada por nossa excursão, esquecia um pouco a sua angústia. Mas ela estava pálida, bem pálida, e os lábios sem sangue descobriam os dentes que me pareceram um pouco mais compridos. Ai de nós! Não, não quero nem sequer pensar nisso!

Antes de partir, decidimos destruir o domínio do conde. Em seguida, tomaríamos o trem para Piccadilly. Lorde Godalming e Quincey se dirigirão para Walworth e Mile End, onde santificarão os outros esconderijos do conde. Insisti para permanecer junto de Mina, mas ela nem sequer quis ouvir falar nisso.

— Não temo mais nada agora — disse ela tristemente. — Eu ficarei bem. Parta sem temor, meu amigo.

— A caminho, então! — gritei eu. — Não percamos tempo.

— Perdão — disse Van Helsing. — Devo almoçar antes de partir, tenho necessidade de readquirir forças.

Estranho almoço, pois tentamos bravamente nos divertir, mas cada um de nós se sentia obcecado por uma ideia fixa...

— Desta vez, a caminho — disse Van Helsing, quando nos levantamos da mesa. — Madame Mina, a senhora não corre aqui nenhum risco até o pôr do sol. Daqui até lá, estaremos de volta. E, aliás, purifiquei seu quarto. Ele não poderá voltar. Deixe-me agora preservar sua pessoa, tocando-a com estas flores.

Um grito estridente o interrompeu: no momento em que ele colocava as tuberosas sobre a fronte de Mina, esta sentiu uma queimadura atroz.

Minha pobre mulher querida se lançou por terra e gemeu escondendo o rosto nos cabelos.

— Estou maldita! Estou maldita! Trarei esta marca de vergonha até o julgamento final!

Eu a levantei e a reconfortei do melhor modo possível; meus amigos enxugavam lágrimas furtivas.

— Madame Harker — disse Van Helsing numa voz profética —, essa queimadura desaparecerá no dia em que o Vampiro perecer, sua redenção não pode tardar!

Estas palavras reconfortaram um pouco a pobre querida, que se acalmou.

Era tempo de partir. Beijei Mina com ternura, como se não fosse mais vê-la, jurando a mim próprio que ela seria vingada. Mas se a maldição se encarniça contra ela, se ela deve se tornar (terei a coragem de pronunciar esta palavra)... um Vampiro... então eu a acompanharei... Assim é, imagino, que o amor outrora fazia recrutas. Sim, em vez de dormir sozinho em terra santa, quero ficar danado com ela... mas isso não acontecerá!

Penetramos sem dificuldade na antiga residência. Nada mudou. Na velha capela, as caixas se alinham como no outro dia.

— Agora, meus amigos — disse Van Helsing —, trata-se de purificar esta terra, outrora sagrada, mas tornada impura pelo contato com Ele; e que Ele trouxe de tão longe, num fim criminoso.

Tirou do saco um alicate e algumas tenazes, e no fim de alguns minutos fez saltar a tampa do primeiro caixão.

Com respeito, colocou sobre a terra contida nesta primeira caixa flores de tuberosas, pronunciando uma oração. Depois, docemente, fechou a tampa, que tínhamos ajudado a levantar. Procedemos do mesmo modo com todas as outras caixas.

Quando tornamos a fechar a porta da capela, Van Helsing gritou:

— Eis um bom trabalho. Desejemos que tudo saia do mesmo modo quanto ao resto.

Tomamos então o caminho da estação. Passando diante do asilo, lancei um olhar para a janela da minha mulher. Ela adivinhou minha presença e agitou seu lenço. Eu lhe enviei um beijo e me ajuntei vivamente aos meus companheiros. O trem já estava na estação de trem. Embarcamos em um compartimento, de onde escrevo estas linhas.

Piccadilly, 12h30

Em Londres, tomamos um carro. Um pouco antes de chegar à casa, lorde Godalming me disse:

— Quincey vai voltar comigo à procura de um serralheiro. Se formos em grande número, suscitaremos curiosidade. Separemo-nos, pois. Esperemos em Green Park, donde se percebe a casa. Quando você vir as janelas abertas, é que o serralheiro já terá partido. Então se ajunte a nós.

— Boa ideia — disse Van Helsing.

Godalming e Morris tomaram o outro carro, enquanto nós continuávamos neste. A um canto de Arlington Street, senti meu coração bater mais forte, percebendo a casa triste e negra, na qual concentrava toda a minha esperança. Assentamo-nos em um banco e, fumando, esperamos pacientemente. O tempo nos pareceu longo. Finalmente, vimos nossos amigos regressarem com o serralheiro. Subiram ao patamar.

O homem retirou seu paletó. Um policial passava naquele momento; ele se aproximou da casa. O serralheiro disse-lhe algumas palavras e ele se afastou tranquilamente. Ele tentou diversas chaves. Na terceira, a porta cedeu, Godalming e Morris entraram no hall.

Observávamos com o coração batendo. Então, esperamos mais um pouco, até que o homem tivesse se retirado. Em seguida atravessamos a rua. Morris abriu a porta. Lorde Godalming já tinha acendido um cigarro.

— Isto nos empesta — disse ele.

Era o mesmo odor que sentíramos na velha capela de Carfax: o conde passara por lá havia pouco tempo.

Fizemos a volta pela casa. Na sala de jantar não descobrimos senão oito caixas de terra das nove que esperávamos achar. Abrimos uma a uma e as santificamos, como tínhamos feito com as de Carfax.

Sobre a mesa, achavam-se todos os documentos concernentes à compra da casa, papel de carta, envelopes, uma pena e tinta, tudo envolvido em papel. Havia também uma escova de roupa, um pente, um pote de água e uma cuia, esta última cheia de água suja, como avermelhada de sangue. Finalmente, um pequeno molho de chaves dos outros domínios.

— É tempo de partir — disse Godalming a Morris.

— Com efeito!

Ambos tomaram nota dos endereços das outras casas e, munidos das chaves, despediram-se de nós.

CAPÍTULO DÉCIMO NONO

DIÁRIO DO DR. SEWARD
3 de outubro

Durante a ausência dos nossos amigos, o professor se esforçou para nos distrair com considerações muito interessantes.

Enquanto ele falava, fomos interrompidos por uma pancada na porta de entrada. Estremecemos. Van Helsing foi abrir. Um jovem estendeu-lhe um despacho. Ele o abriu vivamente e leu o que se segue:

Desconfiai de D. Ele acaba de deixar Carfax, sem dúvida a caminho de Londres.

Assinado: Mina

— Finalmente vamos agir! — gritou Van Helsing. — Hoje o poder do nosso inimigo já não ultrapassa o de um mortal, e até o pôr do sol não poderá se transformar. É uma hora e vinte; ele não pode tardar. Esperemos, no entanto, que Arthur e Quincey tenham voltado.

Meia hora mais tarde, novo golpe abalava a porta. Nós nos olhamos com inquietude e precipitamo-nos em direção à entrada.

Preparávamos-nos já para brandir nossas flores de alho e nossos revólveres, quando reconhecemos com alegria Quincey Morris e lorde Godalming.

— Tudo vai bem — disse Arthur —, estivemos nas duas casas. Há seis caixas em cada uma; estão todas santificadas.

— Não há mais a fazer senão esperar. Desta vez, se ele não tiver chegado às cinco horas, faremos bem em partir, pois seria imprudente deixar madame Harker sozinha depois do pôr do sol.

— Estejam tranquilos — disse Van Helsing —, não temos mais muito tempo a esperar. Tomem suas armas e mantenham-se prontos. Silêncio!

Introduziam cuidadosamente uma chave na fechadura da porta de entrada.

Admiro como cada um de nós, nos momentos trágicos, revela seu caráter. Nas nossas antigas caçadas, Morris dirigia o plano de ação. Arthur e eu obedecíamos. Por si próprio, ele retomou essa antiga atitude. Em alguns segundos, designou a cada um o seu ponto. Helsing, Harker e eu junto da porta, ele e Arthur dissimulados ao lado da janela, a fim de cortar a retirada do conde por aquele lado.

Os passos se aproximavam, prudentes e lentos. Temeria Ele alguma surpresa?

De repente, com um brusco movimento, Ele se precipitou na sala antes que qualquer um de nós pudesse fazer um só gesto. Sua agilidade tinha qualquer coisa de felina. Harker lançou-se de um salto contra a porta de comunicação.

Percebendo-nos, Ele teve um pequeno riso terrível, depois tomou um ar de desdém majestoso.

Mudou, no entanto, de rosto, quando de um salto avançamos na sua direção. Desgraçadamente, tínhamos preparado mal o nosso plano de ação, pois não só não sabíamos como atacá-lo, mas nem sequer se nossas armas podiam nos ser de alguma utilidade.

Harker não hesitou mais. Brandindo sua grande faca, lançou-se sobre o inimigo, mas com um movimento rápido o conde fugiu. A faca rasgou somente a roupa na altura do bolso, de onde escaparam um maço de notas e várias moedas de ouro.

A expressão do conde era tão atrozmente odiosa que, temendo pela vida de Jonathan, eu avancei, agitando tuberosas com a mão esquerda e o revólver na direita. Meus amigos fizeram o mesmo e o Demônio recuou. De lívido que estava, Drácula se tornou verde; seus olhos lançaram flamas. De um salto, passou sob o braço de Harker, que se preparava para atacar de novo. Apanhou algumas moedas de ouro, escorregou-as no bolso e, saltando pela janela, desapareceu em meio ao rumor de vidros partidos. Tinha caído no pátio sem se ferir. Nós o vimos empurrar a porta da cavalariça e voltar-se para nós:

— Acreditam que podem me vencer? — gritou-nos Ele. — Saibam que não estão senão no começo dos seus males. Pensam me ter cortado toda a retirada. É um erro, pois tenho outros refúgios. Minha vingança apenas começa. Eu a estenderei ao longo dos séculos que virão, pois o tempo me pertence, suas mulheres já são minhas. Por meio delas, vocês também me pertencerão!

Com um novo riso, fechou sobre si a porta da cavalariça. Depois o ouvimos abrir e fechar de novo uma outra porta.

Van Helsing foi o primeiro a voltar a si.

— Apesar de tudo, Ele nos teme, ou senão não se mostraria tão apressado em fugir. Por que Ele tomou o dinheiro? É preciso segui-lo sem demora. Perseguimos uma besta selvagem; nenhum descanso enquanto não a tivermos abatido!

Apanhou as notas e o ouro, pôs o dinheiro no bolso, bem como os documentos de compra da casa.

— Não deixemos aqui nada que lhe possa servir.

O sol baixava no horizonte. Percorremos em vão a cavalariça, o pátio e os arredores.

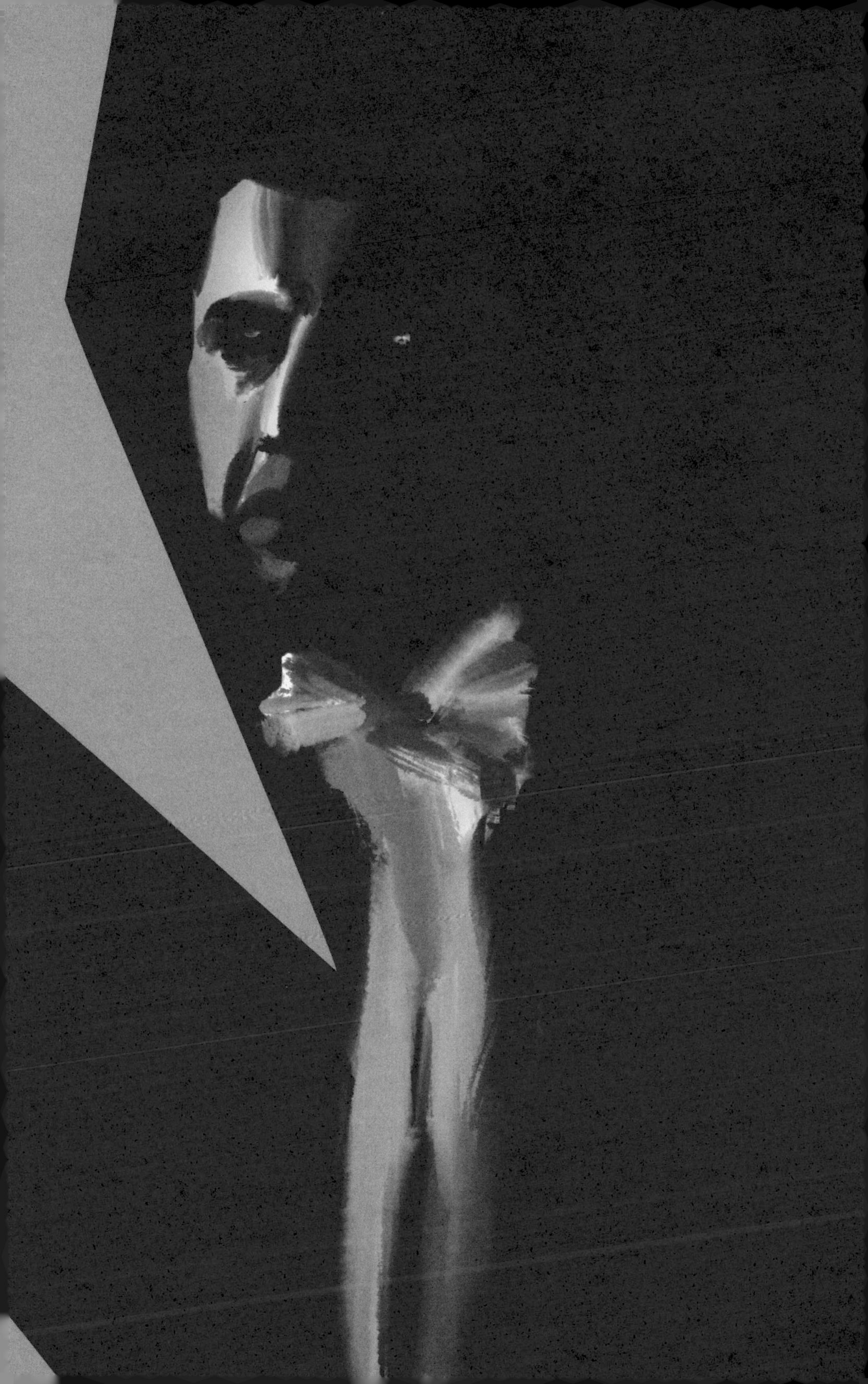

— Infelizmente — disse Van Helsing —, acho que a sabedoria é renunciar hoje à nossa perseguição e ir encontrar madame Harker, pois devemos velar por ela. Mas não nos desencorajemos. Não resta mais do que uma caixa de terra; o bandido não possui, pois, senão um único refúgio, e este nós o descobriremos!

Voltamos, o coração pesado. Madame Harker nos esperava impacientemente. Pareceu consternada em saber do nosso fracasso, mas dominou-se gentilmente.

Faltou entusiasmo ao jantar. Resolvemos velar cada um por sua vez. É Quincey quem fará guarda esta noite.

DIÁRIO DE JONATHAN HARKER

3-4 de outubro, meia-noite

Mina dorme, calma na aparência. Quais podem ser seus sonhos? Pobre querida, eu a aprecio ainda mais por tudo o que ela tem sofrido. Ah! Quando sairemos deste pesadelo? Quando dormiremos tranquilos?

4 de outubro, manhã

Mina me despertou no fim da noite. A aurora cinzenta filtrava-se pelas fendas das venezianas. Ela me disse com agitação:

— Vá procurar o doutor Van Helsing. Quero falar com ele imediatamente.

— Por quê?

— Tive uma ideia que me veio durante a noite. É preciso que me hipnotizem antes da aurora. Talvez tenha revelações a lhes fazer. Depressa, meu amigo, o tempo urge!

Precipitei-me para o quarto do professor. Ele dormia e pareceu espantado em me ver.

— Minha mulher o reclama. Venha depressa!

Ele me seguiu sem protestar. Mina lhe exprimiu seu desejo. Então, sem pedir detalhes inúteis, ele fez os passes de uso. Mina o olhava fixamente. Pouco a pouco os seus olhos se fecharam. O professor fez ainda alguns passes e se deteve, pois sua fronte estava coberta de suor. Mina reabriu os olhos ausentes. Ela não parecia nos ver, não mais que a Arthur, Morris e Seward, que tinham entrado sem rumor.

— Onde está você? — perguntou Van Helsing.

Ela respondeu como em sonho, numa voz longínqua:

— Não sei, não conheço este lugar.

— Que vê você?

— Não vejo nada, está escuro.

— Que ouve?

— Rumorejo de água. Ouço o barulho de pequenas vagas.

— Então, você está em um barco?

— Sim, sim, é isso!

— Que mais você ouve?

— Ouço passos de homens acima da minha cabeça, um barulho de corrente, e um rangido semelhante ao do cabrestante na roda da engrenagem.

— Que você faz?

— Não me movo. Tudo está calmo, calmo...

Ela fechou os olhos e respirou docemente, como se dormisse.

O sol tinha se levantado. Jonathan abriu completamente as venezianas. A luz inundou o quarto.

O doutor Van Helsing apoiou docemente a cabeça da jovem mulher sobre o travesseiro. Depois fez um longo passe. Um pesado momento se escoou, depois ela abriu os olhos e nos olhou a todos.

— Falei em sonho? — perguntou ela.

O professor lhe revelou o interrogatório e as respostas.

— Não há um instante a perder — disse ela —, talvez não seja muito tarde.

Arthur e Morris já se precipitavam.

— Ei! Aonde querem ir, meus filhos? — disse Van Helsing. — O barco levantou âncora no momento em que ela falava, e há muitos barcos no porto de Londres! Ah! O canalha! Compreendo agora por que lhe era necessário tanto dinheiro! Queria escapar! Mas não lhe resta mais do que um refúgio, ele é perseguido como a um cão! Londres não é mais habitável para Ele. Certamente fez transportar sua última caixa para um barco. Mas que Ele não espere nos escapar... O sol se levanta. O dia nos pertence. Vistamo-nos, almocemos e comecemos a agir.

Mina lançou um olhar desolado:

— Mas já que Ele se afasta de nós, por que persegui-lo?

— Porque — respondeu gravemente Van Helsing — Ele já a marcou e tudo se pode temer...

Eu cheguei a tempo para recebê-la em meus braços.

CAPÍTULO VIGÉSIMO

DIÁRIO DE MINA HARKER
5 de outubro, 5 horas da tarde

Quando nos reunimos de novo, o dr. Van Helsing disse:

— Ocupei-me de saber por que barco o conde pôde escapar. Imaginei que Ele procuraria ganhar a Transilvânia pelo Mar Negro e a embocadura do Danúbio. Restava saber que barco partia para o Mar Negro. Informamo-nos na Companhia Lloyd. Uma só goleta tinha feito vela para Varna, no momento da maré alta, o *Czarina Catarina,* ancorada no cais de Doolittle. Imediatamente conjecturei que era aquele o barco do conde.

Eis-nos pois a caminho do cais de Doolittle. Lá, um empregado nos deu todas as informações que desejávamos. Na véspera, no fim da tarde, um homem pálido, cujos sinais correspondem aos do nosso inimigo, veio registrar uma grande caixa para Varna. Descarregou sozinho a enorme caixa trazida por um caminhão, e que pesava de um modo tal que foram necessários vários homens para transportá-la ao barco.

Fez muitas recomendações a respeito do lugar que devia ocupar sua caixa, e o capitão, desesperado, o enviou a todos os diabos. A goleta devia levantar vela naquela mesma noite, mas no momento de partida uma ligeira bruma cercou o barco, entravando assim a sua marcha. O capitão pôs-se a jurar.

O conde voltou à noite; desejava ver o lugar que ocupava a caixa. O grumete o acompanhou e o trouxe de novo à ponte. Ninguém o viu deixar o barco, mas a bruma era tal que também ninguém se admirou. A aurora espalhou a bruma, e logo em seguida a goleta levantou âncora. Quando chegamos, ela já estava em pleno mar.

— Assim, cara madame Harker — declarou Van Helsing —, temos bastante tempo para apanhá-lo, pois vamos ultrapassá-lo pelo continente. Tentaremos surpreender o conde entre o levantar e o pôr do sol. Se pudermos encontrá-lo na sua caixa, Ele estará em nossas mãos. Não conheço exatamente o itinerário do barco; a caixa será descarregada em Varna e reposta nas mãos do agente de Ristics.

— Meu Deus — objetei —, será realmente necessário perseguir o conde? Não quero mais que Jonathan me deixe.

— Sim, é necessário — respondeu Van Helsing com voz rude —, em primeiro lugar pela senhora, em seguida pela humanidade. Esse monstro já fez muitas vítimas. Seu país selvagem e pouco habitado não lhe oferecia recursos bastantes. Não foi inconsideradamente que Ele escolheu o nosso país, onde a vida pulula. Todas as forças naturais e ocultas o ajudaram. Esse monstro comprometeu a sua saúde. Se a senhora morrer amanhã, será semelhante a ele. Mas isso não acontecerá; nós o juramos. Trabalharemos para a sua redenção, semelhantes aos cruzados, partiremos para combater um Infame, e como eles, venceremos ou morreremos pela boa paz.

DIÁRIO DO DR. SEWARD
5 de outubro

Levantamo-nos muito cedo; um desjejum nos reuniu. Estávamos todos aliviados de um grande peso e quase alegres. A natureza humana tem realmente reservas extraordinárias. Às vezes pergunto se não estamos sonhando. E se a marca vermelha que permanece na fronte de madame Harker...

Van Helsing desejava falar comigo; saindo da mesa, ele me acompanhou ao escritório.

— Amigo John — disse-me ele depois de algumas palavras insignificantes —, você sem dúvida adivinha o que eu tenho a lhe dizer.

— Não, explique-se!

— Madame Harker, nossa querida madame Harker, transforma-se de um modo inquietante.

Um estremecimento me percorreu. Seus temores confirmavam os meus.

— O triste precedente da srta. Lucy deve nos conservar em guarda e atentos. Já vejo em sua face sintomas futuros do vampiro. É pouca coisa ainda, mas seus dentes estão mais agudos, seus olhos têm por vezes um brilho duro. Além do mais, temo que o conde, tendo-a hipnotizado, esteja em posição de conhecer seus pensamentos, e, desse modo, o que planejamos contra Ele. Eis o que nos é necessário impedir a todo preço. O meio? Mantê-la fora de nossos conciliábulos. É penoso, mas sábio.

Ele se entristeceu à lembrança da mágoa que ia causar à jovem mulher, já tão torturada.

Esta pena lhe foi poupada. Por si própria, madame Harker preferiu subtrair-se às nossas conversas.

Como de costume, Van Helsing tomou a palavra:

— O *Czarina Catarina* — disse ele — deixou o Tâmisa ontem pela manhã; ser-lhe-á necessário pelo menos três semanas para ganhar Varna. Ora, esse trajeto nós podemos realizá-lo em três dias. Temos diante de nós duas semanas de vantagem, e podemos desde já fixar nossa partida para o dia 27. Desse modo, nós o precederemos em Varna e prepararemos nosso plano de ação.

— Proponho — disse Quincey Morris rindo — que levemos, além das nossas armas espirituais, sólidos Winchesters. Esse país é, parece, infestado de lobos.

— Você pensa em tudo — disse Van Helsing. E ajuntou: — Na verdade, já que nada nos retém aqui, por que não partimos todos a fim de preparar o terreno?

— Todos os quatro? — disse Harker com ar surpreso.

— Sem dúvida. É preciso que você permaneça com sua mulher. Quem velará por ela se não for você?

— A esse respeito conversaremos amanhã pela manhã, quero antes consultar Mina.

Esperava que Van Helsing recomendasse a nosso amigo desconfiar de sua mulher. Fiz sinal a ele com um dos olhos. Mas como única resposta o mestre colocou um dedo sobre os lábios.

DIÁRIO DE JONATHAN HARKER
5 de outubro, noite

As decisões desta manhã deixaram-me pensativo. Por que Mina não quis assistir ao nosso conselho? Por que não protestaram os outros?

Subi para o quarto de Mina: ela dormia como uma criança. A noite corria. De repente, ela abriu os olhos e me contemplou com ternura.

— Jonathan — disse ela —, prometa pelo que existe de mais sagrado conceder-me o que vou lhe pedir.

— Decerto, se estiver em meu poder.

— Sim, você verá que o dr. Van Helsing se mostrará reconhecido por eu lhe ter pedido tal coisa.

 — Que é, pois? — indaguei eu surpreendido.

— Prometa-me não me informar dos planos de ação que fizerem contra o conde. É preciso que eu nem mesmo suspeite deles.

— Está prometido — disse eu com o coração apertado, como se uma porta acabasse de se fechar entre nós.

6 de outubro, pela manhã

Nova surpresa. Esta manhã, ao despertar, Mina me pediu para ir procurar, como ontem, o dr. Van Helsing. Obedeci.

Ele veio.

— O senhor vai partir em viagem — disse Mina —, é preciso que eu o acompanhe.

O dr. Van Helsing mostrou-se tão surpreendido quanto eu.

— Mas por quê?

— É preciso que eu vá — repetiu ela obstinadamente —, pois estarei mais em segurança junto de todos e todos estarão mais em segurança junto de mim.

— Mas — objetou o doutor — vamos afrontar perigos mais graves para você do que para nós.

— Sei disso — disse ela levando a mão à fronte —, e é por isso que devo partir. Sei que se o conde me chamar, irei encontrá-lo contra a minha vontade, obrigada pelo seu poder. Estando com vocês, serei defendida, pois são fortes e bravos. Além do mais, poderei lhes ser útil, revelando no sono hipnótico os fatos e gestos do nosso inimigo.

— A senhora tem razão, madame Harker — disse Van Helsing depois de um instante de reflexão —, a senhora nos acompanhará pois, e será reunindo todas as nossas luzes que o venceremos.

Apenas acabara ele essas palavras, Mina adormeceu.

Van Helsing me fez sinal para segui-lo, e fomos ao escritório de Seward, onde nossos amigos nos esperavam.

Ele os colocou a par do fato e decidiu:

— Partiremos todos para Varna.

— E o que faremos nós? — perguntou Morris.

— Esperaremos a chegada do barco e assim que ele estiver no porto, subiremos a bordo para identificar a caixa. Sobre ela, fixaremos tuberosas, já que as suas flores impedem nosso inimigo de sair. E depois, aproveitaremos a primeira ocasião para abrir a caixa...

— Não esperaremos pela ocasião — gritou Morris —, assim que a vir, eu destruirei o monstro. Mesmo diante de milhares de espectadores e correndo o risco de ser chicoteado por isso!

— Bravo, rapaz! — disse o dr. Van Helsing. — Mas repare, meu filho, será necessário confiarmos um pouco nas circunstâncias. Mas agora pensemos na partida. Vou me ocupar dos bilhetes.

Um pouco mais tarde

Todos os meus papéis estão em ordem. Fiz o meu testamento. Mina, se sobreviver, será minha única herdeira.

A noite cai. Mina parece sentir-se mal. Temo o pôr do sol.

DIÁRIO DE JONATHAN HARKER

15 de outubro, Varna

Deixamos Londres no dia 12. Estivemos em Paris na mesma noite e ocupamos nossos lugares no Expresso do Oriente. Quarenta e oito horas de viagem. Chegamos aqui às cinco horas da tarde.

Lorde Godalming dirigiu-se ao consulado para saber se não tinha chegado um telegrama para ele. Reencontramo-nos no hotel. Mina está melhor. Dorme muito. No entanto, parece inquieta quando o sol se levanta ou desaparece, e Van Helsing tomou o hábito de hipnotizá-la nesses momentos. Mina adormece imediatamente. Ele lhe pergunta sempre o que ela vê e ouve. E ela responde invariavelmente:

— Ouço o rumor das vagas e o da hélice. O vento sopra nas velas.

O *Czarina Catarina* ainda está no mar e se aproxima de Varna. Lorde Godalming recebeu quatro telegramas da Companhia do Lloyd, com a qual fez ele uma combinação antes de deixar Londres. O *Czarina Catarina* não faz escala em parte alguma.

Deitamo-nos cedo. Amanhã procuraremos obter do cônsul permissão para subir a bordo da goleta assim que ela lançar âncora. Se for depois do sol se ter levantado, o conde estará em nosso poder. Espero que os funcionários da alfândega não façam nenhuma objeção. Aqui, felizmente, o dinheiro é todo-poderoso, e disso estamos abundantemente providos...

17 de outubro

Godalming soube persuadir os armadores de que a caixa expedida de Londres contém objetos pertencentes a um dos seus amigos, que tinham sido roubados. Autorizaram-no a abrir a caixa por sua própria conta e risco, e o armador lhe forneceu ainda uma permissão graças à qual o capitão o deixará agir. Ele chegou mesmo a colocar amavelmente um agente à nossa disposição, e este homem, conquistado pelas larguezas do nosso amigo, facilitou-nos tudo.

Se pudermos abrir a caixa nas condições que desejamos, e se o conde estiver fechado nela, Van Helsing e Seward lhe cortarão a cabeça e mergulharão uma estaca no seu coração, enquanto Morris, Godalming e eu impediremos todas as pessoas de se aproximarem, ainda que para isso tenhamos de empregar a força. O professor não alimenta dúvidas de que assim que a operação tenha sido feita, o corpo caia desmanchado em poeira. No momento em que o *Catarina* for avistado, seremos avisados.

24 de outubro

Uma semana de espera. Recebi um telegrama de Smith, do Lloyd, que dizia:

O Czarina Catarina *atravessou essa manhã o Dardanelos.*

DIÁRIO DO DR. SEWARD

24 de outubro

Grande emoção com o recebimento do despacho. Somente madame Harker continua calma. Tem mudado muito. Permanece constantemente num estado letárgico que nos inquieta, a Van Helsing e a mim. Dissimulamos nossos temores do pobre Jonathan, que ficaria aterrorizado. Van Helsing examina atentamente os dentes dela.

— Enquanto não se tornarem agudos, não haverá perigo urgente.

Varna está somente a vinte e quatro horas dos Dardanelos. O barco chegará pois ao amanhecer. Daqui até lá, repousaremos.

25 de outubro, meio-dia

Nenhuma notícia da goleta. Madame Harker, interrogada esta manhã, nos deu resposta idêntica às de sempre.

Sentimo-nos ansiosos.

Madame Harker nos inquieta um pouco. Mais ou menos ao meio-dia ela recaiu numa espécie de letargia. Jonathan acredita que este sono é bom para ela.

26 de outubro

Mais um dia esgotado e nenhuma notícia do *Czarina Catarina.* No entanto, já devia estar no porto. Continua no mar, afirma madame Harker. Será a bruma que o retém?

27 de outubro, meio-dia

É extraordinário, a goleta continua sem ser avistada. Interrogada, madame Harker respondeu com a frase habitual. No entanto, ajuntou:

— A água é calma.

Van Helsing está inquieto. Confiou-me ainda há pouco:

— Temo que Ele nos escape. Não gosto das letargias de madame Harker. O espírito pode realizar estranhas coisas durante o sono.

Ia pedir-lhe que explicasse, mas nesse momento Harker entrou, e não insisti no assunto.

Eis o telegrama que acabamos de receber:

Smith, Londres, a Lord Godulming, Varna:

O Czarina Catarina entrou hoje à uma hora no porto de Galatz.

Essa notícia não nos surpreendeu fora da medida. Era preciso que o atraso tivesse uma causa!

— A que horas parte o primeiro trem para Galatz? — perguntou Van Helsing.

— Às seis e trinta da manhã — disse madame Harker com voz distante.

— É exato — disse Morris, que consultava um guia —, e não existe mesmo outro trem.

— Não percamos tempo — disse Van Helsing. — Você, Arthur, vá comprar as passagens para amanhã de manhã. Você, Jonathan, vá procurar o agente da Companhia Marítima e obtenha uma autorização com o agente de Galatz para operar a bordo do barco, como faríamos aqui. Quincey Morris, você vá procurar o vice-

-cônsul e peça-lhe para nos recomendar ao seu colega de Galatz. John permanecerá comigo e madame Mina, e manteremos um conselho.

— Procurarei obedecer — respondeu madame Harker — do melhor modo que me for possível. Sinto-me menos angustiada nestes últimos dias.

Van Helsing lançou-me um olhar significativo.

Quando os três homens partiram, ele pediu a madame Mina para tentar relembrar o diário de Jonathan, escrito no castelo do conde.

Logo que a porta se fechou atrás dela, eu disse:

— Que se passou? Nossa amiga está como aliviada.

— Eis como eu o explico. Em seu estado hipnótico, ela torna a se reunir ao conde. E por esse meio Ele conheceu nossos projetos. Assim é que se arranjou para nos escapar. No momento, Ele não tem mais necessidade dela, e abandonou-a, persuadido de que Mina acorrerá à sua primeira ordem. Silêncio, ei-la.

CAPÍTULO VIGÉSIMO PRIMEIRO

DIÁRIO DO DR. SEWARD

29 de outubro, no trem que nos leva de Varna a Galatz

Estivemos todos reunidos na tarde de ontem, um pouco antes do pôr do sol. Tínhamos todos nos preparado para nossa nova viagem.

Van Helsing hipnotizou uma vez ainda a madame Harker. Fora mais difícil do que de costume, e para obter as respostas teve que repetir mais de uma vez a pergunta.

— Não vejo nada — disse ela, enfim. — O barco está imóvel. Vozes se interpelam, percebo o ranger dos remos. Ouço um tiro de fuzil, do qual o eco repercute ao longe. Depois um barulho de passos sobre minha cabeça. Arrastam cordas e correntes metálicas. Vejo um raio de luz. O ar sopra em meu rosto.

Ela havia se erguido do divã e suas mãos estendidas pareciam querer levantar um peso.

Van Helsing lançou-me um olhar significativo.

Compreendi que ela não falaria mais. Com efeito, Mina abriu logo os olhos e eu disse em voz natural:

— Não toma você uma xícara de chá? Deve estar fatigada.

Ela concordou e saiu para preparar o samovar.

— Viram, meus amigos — disse Van Helsing assim que ela nos deixou —, Ele saiu do seu caixão, mas não está ainda em terra. Se não desembarcar antes de amanhã pela manhã, chegaremos a tempo.

Não dormimos durante a noite com o fim de interrogar madame Harker ao nascer do sol. Van Helsing teve ainda mais dificuldade em adormecê-la.

— Tudo está sombrio — disse ela —, ouço o barulho das vagas e um ligeiro estalido.

Nesse momento, o disco vermelho do sol se elevava no horizonte. Ela se calou. Não saberemos nada de importante antes desta noite.

Chegaremos a Galatz entre duas e três horas da manhã. Mas em Bucareste temos três horas de atraso. Isso promete!

Um pouco antes do pôr do sol, Van Helsing adormeceu de novo nossa paciente, não sem esforço. Creio que sua faculdade de ler o pensamento do conde tenha se atenuado justamente no momento em que teríamos maior necessidade dela. Em lugar de limitar-se aos fatos, ela se exprime por enigmas.

— Qualquer coisa se afasta; eu a percebo passar ao meu lado como uma brisa fresca. Ouço ao longe barulhos confusos: homens se exprimem numa linguagem estranha. Ouço uma cascata possante e uivos de lobos.

Parou e um arrepio violento sacudiu-a. Não pudemos obter nada de maior importância, apesar das questões imperativas do professor.

Mina acordou enregelada, mas o espírito alerta.

DIÁRIO DE MINA HARKER
30 de outubro

O sr. Morris conduziu-me ao hotel onde reservamos quartos por telegrama. Enviou-se lorde Godalming ao consulado, onde seu título impressionará favoravelmente. Jonathan e os dois doutores foram ao bureau da Companhia para se informarem sobre o *Czarina Catarina.*

Eis agora Arthur.

— O cônsul está ausente — disse ele — e o vice-cônsul está doente. O chanceler foi polido e prometeu seu auxílio.

DIÁRIO DE JONATHAN HARKER
30 de outubro

Às nove horas da manhã, Van Helsing, Seward e eu fomos apresentados ao sr. Mckenzie e ao sr. Steinkoff, agentes da Companhia. Com muita amabilidade eles nos conduziram a bordo do *Czarina Catarina*, que estava ancorado no porto. Lá, vimos o capitão Donalson.

— O senhor não tem a bordo uma grande caixa com o nome de conde Drácula?

— Tínhamos uma, com efeito, mas esta manhã um homem veio reclamá-la. Exibiu os papéis em ordem, então a entregamos.

— Quem era esse homem? — perguntou, vivamente, Van Helsing.

— Oh! É fácil saber — disse ele, tirando um recibo de seu bolso. — Eis seu nome: Emmanuel Hildesheim, Burgenstrasse, 16.

Era tudo o que sabia o capitão. Agradecemos, despedindo-nos.

Achamos Hildesheim no seu escritório. Era um judeu de nariz proeminente, a cabeça coberta por um solidéu. Não se fez de rogado para nos informar.

Havia recebido uma carta de um certo senhor de Ville pedindo que retirasse, antes de o sol se levantar, uma caixa que devia chegar a Galatz pelo *Czarina Catarina*. Essa caixa devia ser reposta nas mãos de um certo Petroff Skinsky, que se encarregava de tratar com os eslovacos que garantiriam a condução do caminhão ao longo da margem.

Procurávamos em vão esse Skinsky; um dos seus vizinhos nos afirmou que ele tinha partido há dois dias. Antes, entregara sua chave ao proprietário. Estávamos prestes a conversar com este digno homem, quando se espalhou que o corpo de Skinsky acabava de ser descoberto no cemitério de São Pedro, a garganta aberta como por um animal selvagem.

DIÁRIO DE MINA HARKER
30 de outubro, à noite

Eis o resultado de minhas meditações. Vou submetê-las a nossos amigos, depois de tê-las deixado por escrito para precisá-las melhor. O conde projeta evidentemente voltar ao seu castelo.

a) É preciso que Ele seja trazido de novo por alguém, já que se esconde no caixão.

b) Que caminho seguirá Ele? A estrada, o caminho de ferro ou o rio?

c) Pela estrada? Temerá os oficiais da alfândega, os curiosos. Temerá sobretudo que o encontremos mais facilmente.

d) Pelo caminho de ferro? Mas então quem velaria pela expedição do caixão? Arrisca-se a detimentos, atrasos. Pode, é verdade, escapar durante a noite. Mas em que se tornaria se não tivesse refúgio?

e) Por água? Ainda é o meio mais seguro. Para mim, é este o caminho que Ele escolheu.

Acabo de examinar o mapa da região. Os eslovacos poderiam ter seguido dois rios, o Pruth ou o Sereth. No meu sono, ouvi mugidos de vacas, borbulhar de águas. Concluí pois que o conde não saiu de seu caixão e que a caixa está em uma embarcação acionada a remos; deve estar subindo a corrente. Dos dois rios, o Pruth é o mais navegável. Mas por outro lado o Sereth, na altura de Fundu, junta-se com o Bistritza, que contorna o passo de Borgo.

Comuniquei aos meus amigos essas reflexões, e eles reconheceram as justezas de minhas previsões.

— Que sugere você? — perguntou Van Helsing.

— Tenho vontade de fretar um pequeno vapor e seguir a embarcação — respondeu Arthur.

— Quanto a mim, poderei seguir a cavalo pela margem do rio — disse Morris —, de modo que o impedirei de desembarcar.

— Poderei acompanhar Quincey — propôs o dr. Seward —, já caçamos muitas vezes juntos e, armados com nossas Winchesters, não o temeremos.

— Eis o que eu proponho — disse Van Helsing. — Enquanto Jonathan e Arthur seguirão a embarcação com o vapor, John e Quincey percorrerão a margem a cavalo; pelo Bistritza levarei madame Harker ao castelo de Drácula. O poder hipnótico dela nos será de grande auxílio. Quantos lugares para santificar no castelo! É preciso destruir esse ninho de vampiros...

— Como — disse vivamente Jonathan —, quer levar minha pobre mulher a esta armadilha? Não consentirei.

— Tranquilize-se, meu amigo, ela não corre nenhum risco, é para seu bem que eu lhe inflijo esta prova menos cruel que o espetáculo da morte do conde, a que ela fatalmente assistiria permanecendo com vocês.

A questão estava resolvida. Felizmente lorde Godalming e Morris têm dinheiro e não se lamentam por gastá-lo conosco.

Esgotaram-se somente três horas e lorde Godalming e Jonathan já dispõem de uma pequena e encantadora lancha, cuja fornalha está sob pressão. O dr. Seward e o sr. Morris têm cavalos magníficos e todos nós estamos munidos de cartas topográficas.

Tomarei com Van Helsing o trem das 11h40 para Veresti, onde um carro nos conduzirá ao passo de Borgo. Temos armas; Jonathan me presenteou com um encantador revólver de punho.

Meu marido me apertou bem fortemente nos seus braços. Tenho o coração cerrado ao deixá-lo. Coragem, muita!

DIÁRIO DE JONATHAN HARKER

30 de outubro, noite

Escrevo ao clarão da fornalha que lorde Arthur Godalming aviva. Ele é um magnífico mecânico; ainda não esqueceu de que antigamente dirigiu uma lancha no Tâmisa.

Estudo o mapa: certamente Mina tem razão; o conde ganhará seu castelo pelo Sereth e o Bistritza. Deixará o rio a cerca de 47° de latitude norte, em direção aos Cárpatos. Avançamos em boa marcha. O rio é profundo.

Morris e Seward nos precedem. Seguem pela margem direita. Contanto que estejamos no bom caminho! Eles levam quatro cavalos selados, caso tenhamos necessidade.

31 de outubro

O dia nasce. Arthur dorme e eu monto guarda. Faz muito frio. Trazemos grossos mantos de pele.

Já ultrapassamos várias embarcações, mas nenhuma parece com a que procuramos. Quando lançamos sobre os marinheiros o foco de nossas lâmpadas elétricas, eles caem de joelhos.

1° de novembro, à noite

Nada de novo. Navegamos agora sobre o Bistritza. Interpelamos os barcos e caíques. Um deles nos tomou esta manhã por uma embarcação do governo, o que nos deu a ideia de arvorar uma bandeira romena, que nos trouxe sinais de deferência.

Alguns eslovacos nos deram notícias da passagem de uma grande embarcação que ia a todo o vapor. Tinha sido avistada antes de chegar a Fundu, de modo que não pudemos saber se ela continuou pelo Sereth ou se cortou pelo Bistritza.

Caio de sono, o frio me entorpece. Godalming insiste para velar em primeiro lugar.

2 de novembro, manhã

Já é dia alto. Meu bravo companheiro não me despertou durante a noite. Sinto-me aborrecido por ter dormido tanto sem pensar em aliviá-lo da guarda. Este sono me fez grande bem; ele dorme agora e eu velo. Onde estarão Mina e Van Helsing? Devem ter atingido Veresti quarta-feira ao meio-dia. Mas como lhes será necessário certo tempo para procurar um carro, só agora devem chegar ao passo de Borgo. Sinto-me bastante inquieto. Impossível ir mais depressa. E se Seward morrer? Contanto que não lhes tenha acontecido nada! Espero vê-los antes de ganhar a Strasba, onde deveremos realizar um conciliábulo.

CAPÍTULO VIGÉSIMO SEGUNDO

DIÁRIO DE MINA HARKER

31 de outubro

Chegamos a Veresti mais ou menos ao meio-dia. Aluguei um carro puxado por cavalos. Temos diante de nós mais de setenta quilômetros para percorrer. Que país encantador! Se viajássemos por nosso prazer, seria delicioso...

A hoteleira de Veresti nos deu um saco de provisões, tão cheio como se fosse para um regimento.

— Não proteste — disse o professor —, uma semana se esgotará talvez, antes que possamos nos guarnecer de novo.

1º de novembro

Viajamos o dia inteiro num grande trote. Detivemo-nos durante o percurso para mudar os cavalos e tomar café quente.

Van Helsing gasta dinheiro aos punhados. A região é esplêndida. O povo é bravo e simples, mas muito supersticioso. No primeiro instante, a hoteleira, percebendo a queimadura na minha fronte, fez o sinal da cruz e apontou dois dedos na minha direção, como para se proteger do mau-olhado. Passei a abaixar o véu sobre o meu rosto.

O professor é infatigável. Não quis tomar nenhum repouso, mas obrigou-me a dormir durante algumas horas.

Ao levantar do sol, ele me hipnotizou. Respondi como de costume: "Obscuridade. Água calma. Estalidos nos arredores."

Assim, nosso inimigo continua sempre no rio. Penso em Jonathan com inquietação. Enquanto esperávamos os cavalos, repousamos numa fazenda. O professor parece muito fatigado. Pobre amigo! Daqui a pouco pedirei para conduzir e o forçarei a repousar no fundo do carro.

2 de novembro, à noite

Mais um dia na carruagem. Estamos no meio dos Cárpatos. Amanhã pela manhã atingiremos o passo de Borgo. Existem poucas habitações. Sem dúvida não poderemos trocar os cavalos. Também, no último instante Van Helsing fez atrelar quatro.

MEMORANDO
PELO DR. ABRAHAM VAN HELSING
4 de novembro

Escrevo para o meu caro amigo Seward, caso não torne mais a vê-lo. Rabisco estas linhas junto de um fogo que conservamos aceso durante toda a noite, madame Harker e eu. Faz frio. O céu cinzento é pesado e cheio de neve. Madame Mina parece-me afetada.

Não come mais e dorme um sono pesado. No entanto, esta noite ela se mostra mais alegre. Tentei em vão hipnotizá-la, ao cair do sol.

Chegamos ao passo de Borgo ontem pela manhã, depois de o sol ter nascido. Desde então rodamos sem nos deter. Com a ajuda de escassa madeira, acendemos um fogo. Depois fui explorar um pouco a estrada, desatrelei os cavalos e lhes dei de comer. Quando voltei, o jantar estava pronto.

— Coma — disse madame Mina —, eu tinha tanta fome que não pude esperá-lo e já jantei.

Tenho suspeitas, mas não ouso formulá-las.

Pedi que dormisse. Ela se deitou mas não pôde fechar os olhos. Comigo é o contrário que se dá, já dormi várias vezes. E cada vez que desperto em sobressalto, vejo fixados em mim seus olhos brilhantes. É bizarro. Ela não dormiu senão pela manhã, um único sono pesado.

5 de novembro, manhã

A região torna-se cada vez mais selvagem. Há grandes precipícios. Madame Mina dorme ainda. Tentei em vão despertá-la. Temo que este país exerça sobre ela sua influência maléfica e que a maldição comece a agir. Já que ela dorme durante todo o dia, pensei, poupar-me-ei de dormir durante a noite!

Aproximamo-nos de uma colina dominada por um castelo, semelhante em tudo ao descrito por Jonathan. Despertei madame Mina. Ela parece repousada e mais sedutora do que nunca. Preparei a refeição, mas ela não quis comer, pretextando que não tinha fome. Jantei pois sozinho, não sem inquietação. Em seguida, tracei um círculo em torno do lugar onde ela estava sentada e, tomando algumas tuberosas, desfolhei-as em torno. Madame Harker empalideceu terrivelmente.

— Venha perto do fogo — disse eu, para experimentá-la.

Ela se levantou, deu um passo e deteve-se.

— Venha — insisti eu.

Mas ela tornou a se sentar, balançou a cabeça e disse simplesmente:

— Não posso.

Regozijei-me, pois se seu corpo está em perigo, sua alma se acha salva.

De repente os cavalos relincharam e retesaram as rédeas. Tive grande pena para acalmá-los. O fogo se extinguiu pela manhã e a neve começou a tombar como uma bruma espessa, o que fazia imaginar mulheres que arrastassem echarpes. O silêncio foi rompido de repente pelos relinchos dos cavalos. Uma vaga inquietação se apoderou de mim. Será a lembrança das aventuras de Jonathan? Mas parece-me que vi se desenhar nos turbilhões de neve e bruma as três horríveis irmãs do castelo de Drácula.

Madame Harker está calma e sorri. O fogo tendo se apagado, aproximei-me para reacendê-lo; mas madame Mina me tomou pelo braço:

— Não, não, fique perto de mim — disse ela em voz baixa. — Só aqui o senhor estará em segurança.

— Mas é por você que eu temo!

Ela soltou então um riso baixo e estranho:

— Por mim? Por quê? Nada temo.

Percebi então a queimadura em sua fronte e compreendi. Enfim o sol se levantou e meu terror se dissipou. Madame Mina dormia profundamente.

Aproximei-me dos cavalos para atrelá-los, mas constatei então que estavam todos mortos.

3 de novembro

Deixando madame Mina adormecida, muni-me de uma acha e me encaminhei para o castelo, prestes a arrombar as portas. Mas elas estavam abertas de par em par, se bem que por prudência eu tivesse tirado os gonzos, a fim de estar seguro de que elas não se fechariam por trás de mim.

Graças às indicações de Jonathan, achei sem esforço o caminho da capela. O ar era opressivo e como empestado de vapores sulfurosos. Eu sabia que seria necessário encontrar pelo menos três caixões. Ao fim de algum tempo, descobri o primeiro. Uma jovem mulher encantadora dormia aí o seu sono de vampiro, tão bela que tive a impressão de combater um assassinato. Imobilizei-me diante dela, mudo de admiração e fascinado. Mas por um violento esforço arranquei-me a esta contemplação e continuei minhas pesquisas.

Num caixão vizinho descobri a outra irmã, morena, e num grande monumento a terceira irmã, loura. Era ela tão extraordinária naquele sono voluptuoso que meu coração bateu de emoção. Mas reuni minhas forças e continuei a procura. Não havia outras formas humanas. Daí, concluí que somente elas assombravam o castelo.

Uma grande tumba, mais senhorial que as outras, trazia como inscrição:

Aqui jaz o conde Drácula

Assim, era aquele o túmulo do Vampiro!

Antes de fazer voltar ao nada as três belas irmãs, depositei na tumba do conde uma flor de alho benta, a fim de afastar o monstro para sempre.

Depois comecei o meu horrível trabalho... Como pude realizar esse massacre?... O pensamento de minha cara madame Mina me assistia, bem como a lembrança de meus amigos... E se eu não tivesse sido recompensado pela beatitude que pude ler na face das três irmãs antes da decomposição final, jamais, jamais poderia ter perpetrado esse tríplice assassínio... Mas agora tudo está acabado. Essas pobres almas dormem em paz... Salvei-as.

Antes de partir, protegi a saída do castelo de tal modo que o conde não poderá regressar.

Depois reuni-me a madame Mina. Ela dormia ainda, mas despertou em sobressalto ao rumor de meus passos. Está muito pálida.

— Vá se juntar ao meu marido — disse ela. — Sei que ele caminha nesta direção.

DIÁRIO DE MINA HARKER
6 de novembro

O sol já ia alto quando o professor e eu nos colocamos a caminho para o este, a fim de nos encontrarmos com Jonathan. Avançamos lentamente, pois estamos bem carregados: cobertores, provisões etc.

À noite, caíamos de fadiga. A neve continua a descer. O professor escolheu uma espécie de caverna formada pela união de duas rochas. Estendeu as cobertas por terra.

— Deite-se — disse ele —, eu velarei. — E se os lobos se aproximarem, saberei defendê-la.

Tentei comer para lhe fazer prazer, mas em vão. Todo alimento me faz horror. Van Helsing interrogou o horizonte com o auxílio do binóculo.

— Olhe! Olhe! — gritou ele.

Estendeu-me o binóculo indicando uma certa direção. Da rocha sobre a qual tínhamos subido, percebia-se todo o campo, ao longe. Exatamente diante de nós, a alguma distância, avançava um grupo de cavaleiros, cercando uma espécie de caminhão que sacolejava da direita para a esquerda, sobre as irregularidades do terreno. Pelas roupas dos homens, reconheci os camponeses ciganos. Sobre o veículo, ia uma longa caixa.

O coração saltou no meu peito. Atingíamos o nosso destino. Mas a noite caía e eu sabia que, com o pôr do sol, o monstro readquiriria a sua liberdade e corria o risco de escapar. Virei-me para o professor. Ele tinha saltado da rocha e traçado em torno um grande círculo.

— Aí você estará em segurança — disse ele.

Tomou-me o binóculo das mãos e levou-o aos olhos.

— Eles chicoteiam os cavalos, visivelmente querem chegar antes do pôr do sol.

Uma nova rajada de neve nos cegou.

— Olhe, olhe! — gritou Van Helsing assim que ela se dissipou.

 — Dois cavaleiros correm do sul. Devem ser Quincey e Seward.

Olhei, por minha vez, e então, do norte, vi chegar a toda brida dois outros cavaleiros, que eram sem nenhuma dúvida meu Jonathan e lorde Godalming.

— Hurra! — gritou o professor como um menino.

Armou sua Winchester, prevendo um ataque dos ciganos. Quanto a mim, tirei meu pequeno revólver, pois o uivo dos lobos se aproximava. Cada instante parecia um século. O vento soprava com força, levantando tormentas de neve, e por momentos não se via nem um só metro diante dos olhos.

Os ciganos se aproximavam e nossos cavaleiros ameaçavam cortar-lhes o caminho. De repente, duas vozes gritaram:

— Alto!

Reconheci a voz de meu caro Jonathan e o tom decidido do sr. Morris.

Os ciganos, espantados, detiveram-se. Mas o chefe, um magnífico centauro, vestido de vermelho, deu na sua língua uma ordem breve e os homens se puseram de novo a caminho.

Lorde Godalming e Jonathan à direita, Seward e Morris à esquerda os cercavam com Winchesters na mão. No mesmo instante, Van Helsing e eu surgimos. Os ciganos, vendo-se cercados por todos os lados, tiraram suas armas, prontos a se defender.

Jonathan, inconsciente do perigo e levado pelo seu ardor, precipitou-se no meio dos homens. Corremos em seu auxílio. O chefe indicou o sol que baixava no horizonte, e pareceu incentivar seus companheiros.

Jonathan saltou sobre o caminhão e, com uma energia da qual eu não o julgava capaz, lançou por terra o caixão. Os ciganos lançaram-se sobre ele; vi luzir uma faca e deixei escapar um grito. Mas o sr. Morris se interpôs e foi ele quem recebeu o golpe. Jonathan tentou forçar o caixão. Os ciganos, sob a ameaça de nossos fuzis, parecem dominados. O sol estava quase desaparecendo. Vitória! Jonathan fez saltar a tampa do caixão e descobriu o corpo do nosso inimigo: o conde estava pálido como cera e nos seus olhos brilhava um terror louco. O tempo de um relâmpago e a larga faca de Jonathan decepou-lhe a garganta, enquanto Quincey Morris mergulhava seu punhal no coração do Vampiro.

O milagre é instantâneo. O corpo tomba em poeira.

Por detrás de nós, o castelo se destaca sob um céu vermelho. Os ciganos, espantados, saltam sobre o caminhão e se afastam a galope.

Mas nosso pobre amigo Quincey desmaia, levando a mão ao lado esquerdo; uma onda de sangue escorre através dos seus dedos. Nós nos precipitamos. Ele me toma a mão e diz olhando minha fronte com ar feliz:

— A marca desapareceu, posso morrer tranquilo.

Ajoelhamo-nos piedosamente junto a ele. Morreu como um bravo.

A primeira edição deste livro foi impressa em outubro de 2023, ano de estreia deste selo Amarcord e mês no qual comemora-se o aniversário de 141 anos de nascimento do grande ator húngaro Béla Lugosi. A película *Drácula*, de 1931, estrelada por Lugosi eternizou a assombrosa figura do "homem da noite" no imaginário coletivo. Frames desse mesmo filme foram utilizados como base nesta edição para as ilustrações digitais do artista gráfico Gustavo Piqueira.

†

Este livro foi composto em Map Roman, Im Feel English e Utopia. A impressão se deu sobre papel off-white nas oficinas da Santa Marta para a AMARCORD, um selo da EDITORA RECORD LTDA.